ハッピーエンドの作り方

日森（ひもり）泉（いずみ）

文芸社

はじめに

「終わり良ければすべて良し」という言葉がある。最後の瞬間が良かったら、それまでどんなに悪い事があろうとも、それらは総て最後の一瞬を良くするためのプロセスであったと考えたら、最後の一瞬さえ良ければそれで良いということになる。「なるほど、なるほど」とここで単純に納得できたら、人生はとても気楽になれそうだ。ところが、ちょっと待ってください。その最後という時が何月何日何時何分何秒かがわかってさえいればという前提があっての話である。残念ながら、これは全く誰にもわからないことである。今日か明日かずっと先か誰にも予想すらつかない。となると「ハッピーエンドの作り方」という題名は一体、何を教えてくれるのか。作り方と言うからには、何かハッピーエンド、つまり、幸福な最後をどうやって作り出すのか方法がありそうだ。

そもそも人生の最後とは死を指しているのか。死から新しい命が始まるという考えもあるらしい。となると死が最後ではなくなる。けれども今回はその生死論は取りあえず横に置き、今生の人生の死を幸せにする方法について考えた、いきさつを拙(つたな)い文章で綴(つづ)ってみたいと思う。

第一章の暴力から始まり、両親や祖母のこと、茶道から禅、子育て、音楽からついに玄米菜食にまで辿り着いた。

生まれて以来、色々な方々と出逢い、様々な教えを受けた。その中で何が私にとって一番大切な教えであったかというと、それは、「茶道の教え」である。その中でさらに最も大切だったのが「茶の心」というものであった。茶道の教えの中には、人間の生き方の最も大切な具体策が網羅されているのである。その奥に禅の教えがある。禅の中で最も究極が「今」という時間論である。今だけが現実なので、今を美しく楽しく有意義に生きる、その瞬間の連続上に、いつ来るかわからない命の終わりの瞬間がやってくることとなる。書きたくて書きたくて、ついつい筆が進んで行ったその先に、この結果が出現してきたのである。

書くという行為は、仏像彫刻とよく似ている。丸い木を削っていく。削ることによって要らない部分が次々と削り落とされ、「もうこれ以上削る部分が無くなった！」という瞬間に、中にあった仏像が突然に出現する。それと同じように、本を作る時は、書きたいことを次々と書き続け、無意識の間に自分がこだわっていたことや不本意であったことなどを書き続けて行く。「もうこれ以上書くことが無い」と思った時、本当の自分が今、ここにいる。

　昨今、流行りの断捨離（だんしゃり）にも似ている。要らないものをどんどん捨てていく。最後に残るのは、自分の命だけ。それこそがハッピーエンドなのだとわかる。物質にふり回されず、自分の邪念にふり回されず、今、生きているという真実に真正面から向き合うことこそがハッピーエンドなのだとわかった時、心の中が満たされた。本当にこの本を書くことができて良かった。幸せである。一人でも半人でもこの本を手に取って喜んでくださる方があったら、さらに至福なことである。ありがとうございます。共に喜びを、一服のお茶をしながら分かち合いましょう。生きている仏像同士が楽しくお茶をしている光景を想像するだけでも、なんと感動的なことでしょう。

目次

第一章　暴力

殴る、蹴るの暴力と言葉の暴力。一口に暴力と言っても、形は様々である。前者の、殴る、蹴るの暴力に関しては、とてもわかりやすい。しかし、後者に関しては、形が無いが故に難しい問題である。心の中の声に耳を傾けて少しずつ、文章に残してみたいと思う。

記憶を辿るに、今でも鮮明かつ、繊細に覚えている生々しい暴力。七十年近くも忘れることのできない暴力は、私が五歳の時に祖母から受けたものだ。私には、兄が二人と弟が一人いる。その上の兄から、何かの弾みで殴られた。理不尽に感じた私は、その直後に、祖母に、「お兄ちゃんに、殴られた！」と訴えた。次の瞬間、「殴られるというのは、こういうものよ！」と、ガツンと音を立てた。私の頬は、驚くほど歪んだ。祖母からの一撃であった。あまりの痛さに、声も涙も出なかった。一瞬、時間が止まった。という、不思議な感覚であった。殴られた弾みで、頬の内側が奥歯に強烈に当たり、血が唇から漏れてきた。私は、口内の痛さと、大小二つの理不尽さに対する、心の痛さを痛烈に味わうこととなった。

その心身の痛さは、私の人生を大きく変えた。それまでは四人兄弟の中のただ一人の女の子として、たわいなく、毎日、皆から可愛がられて、無邪気に遊び、深い考えもなく、子どもらしい子どもであった。とは言っても、私はなぜか虚弱児と言われ続け、毎日どこかが悪く、ほとんど医者通いの幼少期であった。お腹が痛い、耳が痛い、目が痒い、肌があれる、関節が痛いと、小児科、耳鼻咽喉科、眼科という風に医者を連れ回されていた。「三歳までは、生きられないだろう」などという大人の会話を小耳にはさみ、「『生きられない』ということは、どういうことなのだろうか」と考えることもあった。その後年月が経つ間に、「生きられないということは死ぬのだ」ということが、徐々にわかってきた。

三歳までと言われていたのが、四歳、五歳と生き延びてきた頃、先ほど書いた祖母からの一撃という出来事があった。私の一番の味方だと信じ切って生きていた、その頃の私が、祖母から受けた一撃は本当に痛烈であった。それまで、少しでも、どこか不調があると祖母にさえ訴えたら、すぐに何か処置を考えてくれて、適切な対処法を考えて、医者なり、薬なりを算段してくれる祖母なのであった。その絶対的な信頼はその瞬間に音を立てるように崩れていったのである。

疑問の連続の日々が、その日から始まっていった。祖母のやること、なすこと、話すこと、総てにクエッションマークが付いてきたことは明らかであった。それと同時に、また、いつ殴られるかという恐怖も始まった。祖母に対する不信感と絶対服従という、二つの相反する、複雑な感情のパラドックスに、悩み多き幼少期が始まっていった。それと同時に、死ぬとどうなるのかという強い興味というのか、好奇心が私を虜にした。

第二章　両親のこと

「暴力」という言葉から思わず祖母の話が始まり、私の幼少期の一番の関心事へと話が進んでしまった。祖母の話が出てきてしまったからには必然的に私の両親という存在について語らなければ、話は全く混迷してくるばかりである。

私の父は、養子として母の元へ縁組（えんぐみ）してきた、八人兄弟の末っ子であった。本当に温和（おとな）しい、静かで無口な人であった。しかし元々はそういう人格であったのではないと、あとから聞いた。八人目にして生まれてきた時に実母が、父を出産する際に難産で亡くなってしまい、その後、転々と養子に出されたそうだ。

父の家はいわゆる名門であったため「良いＤＮＡを持っている母無し子」というレッテルを貼られた。そのため、子どもに恵まれず、かつ、跡取りが必要な家に引き取られていったそうである。ところが、かなりのきかん坊であったため、子どものいない、静かな夫婦だけの家では「手に負えない」と返され、その後またすぐに他の家の跡取りとして引き取られてはまた、返されしている間に、だんだんと温和しい人格が形成されたようだ。

三十歳を過ぎた頃には、お見合いを繰り返す日々となり、ついに私の母の元に婿入りしてきたと幼い頃から聞かされていた。何事に関しても無関心のような父であった。母はと言えば、前出の祖母の一人娘として、生まれた時から大切に育てられ、その結果十八歳にして神経衰弱を発病し、その後はほとんど何事にも無関心な人となり、母親となった。当時、心が壊れた状態の人間をひとくくりに神経衰弱と総称していたようである。

先ほど「大切に育てられた母」と書いたが、それ以上の適当な言葉を見付けられずに、嫌みのようにその表現になってしまったが、今で言うならば超教育ママに育てられた燃え尽き症候群のような人であった。厳しい祖母に、幼い頃からフランス語と英語を同時に習わされ、受験勉強のために、家庭教師が付きっ切りであったようだ。

「島国の日本人は、これからは、国際人でなくてはならない」というのが明治に生まれた祖母の口癖であった。国際条約はフランス語で調印されるので、正式な国際語はフランス語で、世界共通語は英語だから、両方が使いこなせなければならない。日本の英語教育は間違っている。言葉は会話が通じなければ使えるとは言えないので、ネイティブ会話から習い始めないと通用しないと、わざわざ外国人を探し、習わせたりもしていた。

母が実際に入学したのは、仏英和高等女学校で、後の白百合女子大学であった。祖母の希望としては、「東大に入学させたかったが、学力が及ばず、仕方なく仏英和に入学した。東大に合格率の高い、本郷の誠之小学校に越境入学までさせたが、その後はなかなか伸びなかった」と残念がっていたのを、孫の私でさえ聞かされていた。

東大には及ばなかったものの、名門仏英和高等女学校には合格した。ところが、合格したものの、心が崩壊してしまっていて、ひどい時には学校から帰るや否や、バタンと倒れ、その瞬間からグーグーといびきをかいて寝てしまうという症状を続けたそうである。「起きなさい！　こんな所で寝てはダメ！」としかりつけられると、仕方なく起き上がって二〜三歩、歩いて、また、バタンと倒れ込み、玄関から自室まで、何度も何度も寝ては起き、寝ては起きを繰り返していたそうである。病院も連れ歩かれたが、完治には至らず、だんだん無気力、無関心な人格が形成された。

それでも、年頃になると、「どうしても跡取りが欲しい」と祖母はお見合いを何回も根気よく続け周囲の方々にも縁談をお願いしていたと聞いた。そのために我が家には、毎年毎年、写真館で撮った母の正装の写真が何枚も残っていた。素晴らしい着物を纏った、美しい母の姿が、そこにはあった。ただ、目だけは虚ろな写真であった。

父も母もお互いに百回以上のお見合いを重ねた挙句に、あきらめのように結婚が決まり、その二人の間に、何と、四人の子ども達が誕生したのであった。上二人が男の子で、祖母の希望通りであった。「全員男の子だけが欲しかった」と、祖母がよく言っていたのを、私は今でも、はっきりと覚えている。鉄工所を経営していたので、男手が必要であった。

ところが、三人目の孫として、私が誕生したのである。「何だ、女の子か！」と、ほとんど、誰も喜ばなかったそうである。両親は、もとより全くの無関心な二人であったので、喜ぶとか喜ばないということではなく、ただ、子どもが一人増えたというだけのことであった。もちろん、赤ちゃんの世話などはできない母であったので、母乳を飲ませる時以外は、ふとんに寝かされたままであったという。

父には、一度も抱かれたこともなく私は育った。生まれて数か月は、全く手のかからない赤ちゃんだったとよく聞かされた。私専属のばあやさんと、ねえやさんに任せっぱなしであった。

けいちゃんおばさんと、米本のまさちゃんという二人の名前を、未だに私は忘れることができない。「親は無くとも、子は育つ」のことわざ通り、私は、そんな状況で少しずつ育っていった。寝返りを始め、はいはいし、立ち上がり、やがて、歩き始め、片言を話す頃になると、意外なことに、祖母が私に興味を持ち始めたそうであった。「手がかからず、おとなしく、頭が良いこの孫は私が育てる」と言い出し、自分の一人娘である私の母で大失敗した分、孫の私で取り返そうと考えたようである。

一番目の男の子も、両親には全く手を出させず、祖母が育てた。二番目に生まれてきた孫は、一切手を出さなかった。三番目に生まれてきた私は、期待はずれの女の子であったという理由で、全く他人任せであったが、観察している間に素質が良さそうなのと、上二人の男の子と比べて女の子の可愛さを強く感じたようである。祖母が十七歳で産んだ、私の母の時には全く感じなかった、女の子の可愛さを孫の私で初めて味わったと言っていた。

当時五十歳であった祖母は、自分のふとんの中に、私を抱きかかえて、休むようになった。私は、母のふところの暖かさの記憶は全くないが、祖母のふところの暖かさや匂いは、今でも覚えがある。日増しに、可愛さが増し、「目の中に入れても痛くない」という表現そのもののように大事にされるようになっていった。

両親について書いている間に、再び祖母の話に変わってきてしまった。つまり、両親とは戸籍上の親子関係はあったが、実際の両親の役割を果たしていたのは祖母であった。周りの人達の中には、私の本当の母親は祖母なのだという話を、私にする人もいたほどである。実際に、若く見えて、美しかった祖母は、誰から見ても私の母のような存在であった。小学、中学、高校の父母会は常に祖母が参加していた。本当に両親からは何一つ、してもらったことなく大人になってしまった私なのである。

戦時中、昭和19年の家族写真。中央に祖母と、ひざの中に長兄、隣は次兄を抱く母、後ろが父、その隣が祖父、その下はねえや。この３年後に私が誕生する

第三章　変化

さて、すでに第一章で述べた、私の二歳から五歳の頃に受けた、何げない大人達の言葉や暴力から、どのように生まれたままの純真無垢な心が変化していったかということを、この際さらにじっくりと考察してみたいと思う。

虚弱で、あちこち不調ばかりであった私を見て、陰ながら「あの子は、三歳までは、生きないだろう」という会話を耳にした。初めは、その会話の意味を理解することができなかった。けれども、その語調から、何か重大なこと、深刻なことが、私に、近い将来、起きるという話なのではないかと直感できた。それは、どんなことなのかと、考えるようになった。

色々な病院に連れ回されている間に、「人は死ぬ」ということが理解できるようになっていった。そのことがわかったと同時に、死ぬと、その後、どうなるのだろうかという疑問が私の中でどんどん拡大していった。誰にその質問をしたら良いかということについて、いつも考えていた。そのような質問を、口にすること自体がタブーなことのように強く思えたので、大人と接する際に「この人には訊けるかな、無理かな……」などと考えていた。

ある時、意を決して「人は死ぬと、どうなるの」と質問してみた。質問された大人は、多少戸惑いつつも、どもるようにして「それはね、お星様になるのよ。遠い遠いお空で、キラキラ光るようになって、皆を見守ってくださっているのよ」と一生懸命に答えてくれた。「ふう〜ん」と答えてみたものの、それからは、増々、疑問が大きくなる一方であった。返答を聞いた直後は、「なるほど、なんて素敵なことなのだろう」と、夢のように嬉しくなるような感じであった。けれども、その答えには、わからない点があり過ぎた。

まずは、死んだ人が、一体どうやって高い空まで飛んで行くのか。次に、今までに死んでいった人の数と、星の数では、どう考えても、星の数の方が少ない。などと、毎日、考えるようになっていった。時々、他の人にも同じ質問をしてみたが、なぜか、皆、同じように戸惑って、似たような返事が返ってくるばかりで、幼い私を説得する力はなかった。

とにかく、私の最大の関心事は、死ぬと、どうなるのかということとなってしまった。何げない大人のヒソヒソ話が、幼い私の一生のテーマになってしまったことは事実なのである。逆に、多くの幼児が大好きなおもちゃとか遊園地に関しては、欲しいとも行きたいとも思わない、変な女の子となってしまった。そして常に心の落ち着き場所を求めるようになっていった。

次に、五歳の頃に受けた、祖母からの一撃が、私に与えた影響について、今、ここに書き残してみたいと思う。その一撃の直前まで、私は、祖母のことが本当に好きであった。父にも母にも、抱かれも声かけもしてもらったことはなかった私でも、何一つ、不満を感じたことがなかった。事実、祖母が当時、私のために使っていた時間はとても長かった。私は世界中で、一番愛されている女の子だと自分のことを思っていた。超多忙の日々の中を、私を医者に連れて行ったり、寝る時は毎日、私が寝付くまではずっと、添い寝をしてくれていた。私がしっかりと睡眠に入ったのを確かめてから、そっと床を抜け出し、夜中まで仕事をしていたことを、たぬき寝入りをして確かめたこともあった。それほどに私にとって祖母の愛は、信頼の置けるものであった。

ところが、その一撃の後に、祖母にとって私より大切な人がいることに気付かされた。その人は、私の一番上の兄であることが、痛さと共にしっかりと認識できた。

次に、私は、「本当に愛されているのだろうか?」と毎日、考えるようになった。私がお腹が痛いと言うとすぐに、医者やら病院やらに電話して、症状を告げて予約を取り付けてくれる。そして、それから、自分の髪型を整え、お気に入りの和服に着替え、草履を選び、私の父に命令して車で送らせる。それまでは、当たり前に流れていた時間の経緯の意味を、私は考えるようになった。総ては、私を病気から救い出すための純粋な行為だとばかり思っていたが、もしかすると、祖母が私の病状を理由におしゃれをして、外出して、大学教授やら病院長と色々話しながら、時間を楽しく過ごしたいのではないかと疑うようになった。

具合の悪い私を病院に連れて行くのに、なぜ、着替えが必要なのだろうかという考えは、当時の私を苦しめた。明治の女で、いつも早朝には身なりをきちんとしていて、着物も、いつも帯やら帯締め等の配色を考えて衣服を整えているので、あえて外出するからといって着替え直さなくても良いはずなのに、なぜ。しかも、病院も転々としていた。大学の教授に紹介状を書いてもらっては、病院の特別室で長々と話をする姿が、本当に私のためなのだろうかと考え始めたら切りがなくなり、私は、自分の病気を疎ましいことに思えてきた。

紹介状を携えて入ってきた患者なので、検査も入念であった。検査室にストレッチャーに乗せられて入ってしまうと、私の孤独感と恐怖感は、今、思い出すだけでも、鳥肌が立つほどである。そこには、もう、祖母も何の頼れる存在もなく、ただ、医師と、看護師、検査技師と、金属的な物音だけが、コンクリートに響いているだけなのであった。

今と違って、検査も大仰（おおぎょう）なものであった。胃や腸の中に、石灰（せっかい）を流し込むのであった。肛門からポンプのようなもので、パンパンになるまで、流し込むのである。その石灰をドロドロと医師が溶いている姿を見ていた私は、「それをどうするの？」と訊いたことがあった。「これはね、これから君のお腹に入れて、どこが悪いか、写し出すんだよ」という答えに、「そんなにたくさん入れて、私のお腹をパンクさせないでね！」と頼んだことがあった。「へえ〜。君は、賢い子だねえ。年はいくつだったっけ？」と訊かれ、「満三歳と三か月になったところです」と答えると、さらに医師は驚いた声を張り上げ、「なんと賢い子なんだ。君のような天才は決して死なせはしないよ。これから検査してあげるから安心していなさい」と言われ、「うん」とうなずき、その石灰が胃や腸がパンパンになるまで、耐え忍んだ。レントゲンに写し出された私のお腹の中を、まるで実験材料のように、皆で検討している様子を窺っていた。この地獄のような体験こそが、今日の私の医者恐怖症に繋がっているのは、疑う余地もない。

さらに、この検査にもう一つ、誰にも予期できない結果があった。その検査は、胃腸のどの部分に潰瘍か癒着などがあるのか、無いのかなどを、正確に、把握するためのものであった。そのデータにもとづいて、開腹手術をする予定であった。ところが、何と、その石灰が、私の胃や腸の内壁にへばり付いて、なかなか簡単に排出されず、長期にわたり、真っ白い、石灰まみれの便が出続ける結果となった。その石灰が、総て出切らないと手術ができないという状態が続いた。その間に、私の体の中で内膜炎を起こしている部分が、総て石灰で被膜されるという医師も検査技師も予想しなかった結果となり、なんと、白い便が排出され切った後に、それまで少しずつ出ていた血便が全く出なくなり、おまけに腹痛からも解放されてしまったのであった。そして、「私のお腹をパンクさせないで」と「満三歳と三か月です」と答えて医師をうならせた「天才伝説」だけが、後々までも祖母の自慢話となった。

話があちこちに飛んでしまったが、要約すると、三歳の頃に小耳にはさんだ大人のヒソヒソ話と、祖母から受けた一撃から生じた不信感から様々な変化が私の中に起こったことを、述べてきた。ここで、もう一度、その影響力絶大の祖母について次の章で書き記してみたいと思う。

第四章　祖母

私の祖母は、明治三十三年五月に、機織り(はたお)屋の家に生まれた。一人の弟がいて、二人姉弟の長女であった。祖母の父親は、家業の機織りの跡を継いではいたが、頭の良い人で、それだけでは満足できずに、色々なものを次々と発明して世に売り出して、発明王と言われていた人であった。今で言うと特許王であった。豆炭(まめたん)を石綿(いしわた)で巻いた、足熱器を発明したりしていた。その製造過程の実験中に、祖母は幼い頃大やけどを負わされ、足のすねの辺りにケロイドが残っていた。

祖母の父親はとても激しい性格の人で、「天才となんとかは紙一重」と言われていた。夫婦げんかの際に、妻に向かって皿を投げつけ、その皿が額に直撃し、額がぱっかりと割れて凄い出血量であったと何度も聞かされたことがある。あまりの激しさに、ついに祖母の母は、幼かった祖母一人を連れて家を出て離婚をし、子連れで他の家に嫁いだ。当時は、出戻りで、ましてや子連れではなかなか再婚も難しい時代であったのにもかかわらず、次の再婚先は、当時の超エリートの書家で、明治天皇の御代筆であった。

祖母の母は、とても美しく、聡明な女性であったらしい。その二人の間には子どもはできずに、連れ子であった祖母が、唯一の跡取り娘となった訳である。そのため、その家にふさわしい子になるようにと、祖母は十代の頃に、厳しい再教育をされた。書や、言葉遣いや、文学作品なども毎日読まされ、発明王の実父とは全く異なる環境に置かれることとなった。

ところが祖母は、幼い頃から激しい実父が好きであったらしく、知的で学門肌の義理の父には、馴染(なじ)めなかったそうである。そんな中で思春期を迎えた祖母は、その家から何とか速やかに、家出という形態ではなく、おだやかに、義理の父から離れる作戦を考えたそうである。

一方、義理の父は、継子(ままこ)いじめではなく、本気で才能のある祖母に教養を身に付けさせようと真剣であったようである。祖母は、三歳ぐらいの頃から、周りの誰もが認めるほどの天才であったようだ。その義父による本格的な再教育を受け、ますます美しく、磨きがかかっていった。

そこに丁度、縁談の話が持ち込まれた。十九歳も年上の銀行員の「今日にでも妻を迎えたい」という話であった。それには訳があった。その銀行員は、銀行の中では重要な忙しい役についていたが、妻が出産の際に命を失ってしまい、生まれたての赤ちゃんだけが残されてしまっていた。銀行を辞めて子育てに専念することもできず、かといって、生まれたての赤ちゃんを養子にも出せず困り果て、すぐに再婚して子育てをしてくれる女性を探していた。一日も早く家を出たい人と、一日も早く嫁に来て欲しい人が奇跡的に縁組したのであった。

その赤ちゃんを、今日からでもお世話するということで結婚した。祖母は当時、まだ十五~十六歳であった。けれども、気転のきく祖母は、その赤ちゃんを連れて、亡くなって悲しみのどん底にあった、亡き前妻の両親の家に行った。「この子を、どうか、娘さんだと思って、育ててください」と頼んだそうである。その御両親は、その可愛い孫を見るなり、飛びつくように喜び、「何とありがたいことでしょう。亡き娘の忘れ形見として、大切に育てます」と、赤ちゃんを抱きかかえ離そうとしなかった。その後、祖母は服やら、おもちゃやら、高額な養育費をずっと、その両親の家に送り続けた。

さて、結婚した夫はというと、そのような新妻の行動を批判もせず、裏切りとも思わず、総て受け入れていた。何も新しい発想はないが、ただただ優しくて、誠実な男性で、銀行員としてはとても優秀であった。誰もが振り向くような、若くて、美しい嫁の言いなりだったようだ。

その新婚家庭に赤ちゃんが誕生した。その赤ちゃんこそが、私の母親なのである。祖母は母を産んだ後、さらに、しとやかさや、ふくよかさが加わり、美しさを増した。皇居近くに日本初の東條写真館という大きな写真館があり、そこのメインの大きなウィンドウに、祖母の写真が大きく現像され、格調高い額縁に入れられ飾られていた。季節ごとに写真は入れ替えられ、様々なポーズの祖母の姿が通る人々の目を楽しませたようだ。初代のオーナー東條さんの大のお気に入りが、若かりし頃の祖母であった。また、かの有名な横山大観(よこやまたいかん)画伯も祖母の大ファンであったようだ。横山大観は、妻に二度死に別れ、最後の妻と再婚していた。その再婚相手が、私の祖母の従姉であった。そんな関係で、横山大観は私の祖母と出逢い、すっかり祖母のファンとなり、モデルになってくれるように頼んだようである。

さて、十七歳にして母親となった祖母は、その後どんな人生を歩んでいったのか。孫の私が知る限りのことを、ここに書き綴っておきたいと思う。

祖母は義理の父親に反発するかの如く、早々に嫁いでしまったが、思うに、反発はしたものの、義父への畏敬の念は強くあったのではないかと思う。神様のような存在であった明治天皇の御代筆という役職にあった義父は、当時、天皇の右腕のような、かけがえのない人物であったという。その義父が本気で教育しようとした信念は、反発しながらも骨の髄までも浸透してしまったのかもしれない。

義理の父の唯一の後継者であったので、期待は大きかったと思う。その義父の期待が、そっくりそのまま、時代を経て祖母の自分の一人娘への期待へと受け継がれてしまったようだった。母は、フランス語、英語はおろか、クラシック音楽の作曲法まで習わされていたと聞いている。当時、母は、山田耕筰（やまだこうさく）に師事して音楽を習っていたが、作曲に才能があったらしく、何々賞と名前は忘れたが、トロフィーを授与されたこともあった。

祖母の活躍は、一人娘への教育に専念するばかりでは留まらなかった。次第に時代をリードするような実業家としても、功成り名を遂げたのである。

出産とほぼ同時期に、夫が銀行の重要な役職であったことを最大限に活用し、銀行から大金を借用し、ドイツで発明された最新のオートメーション機械を輸入したのである。日本に全国的に鉄道が開発施工されていくことを予知して、鉄道レールを作る巨大な機械を買い込んだという。もちろん、その巨大な機械の入るだけの工場も建設したのだ。

ドイツからの鉄の材料を輸入する許可を取るために外務大臣と親しくお付き合いをし、また、その出来上がったレールを売り込むために鉄道大臣とも親交を深めていった。レールを作った、残りの鉄から自転車の材料を作り、山口自転車に卸していた。またそのかすから、釘を作り出していた。総てはオートメーションなので、製品は次々と産出され続けた。時代の波に乗って会社はどんどん発展した。ついに関東一と呼ばれる工場にのし上がっていったのである。

家には、たくさんの女中さんがいて、毎日のように宴会が繰り広げられていた。そのたくさんの女中さん達は、皆、行儀見習い(ぎょうぎ)として、料理から掃除の仕方から、洗濯の仕方、干し方まで、祖母自らが教師として教え込み、無給で働かせていた。仕込み終わった順に、良縁を与えては、次々と嫁に出していった。祖母の元で教育を受けて、働いた女中さん達は、とても評判が良かったために、さながら花嫁学校のようであったという。

食糧難の戦時中でさえ、我が家は食料があふれていた。なぜなら、女中見習いの親達が、田舎から色々送ってきていたからであった。その上、酒がほとんど入手できなかった頃も、私の父の実家が有名な酒蔵であったために、日本酒が不足することはなかった。我が家の客は、大臣達ばかりでなく、画家や、芸術家も多く集まった。なぜなら祖母は、文学論や、芸術論や教育論を話すことが大好きで、独特の自論を持っていたので、皆、その話が聞きたくて集まってくるようであった。特に文学に関しては、記憶が抜群で、夏目漱石(なつめそうせき)や太宰治(だざいおさむ)などの小説の一部を、美しい声とリズムで諳(そら)んじると、皆、うっとりと聴き入っていた。

　義父からの真剣な教育と、母親となってからの充実した生活から、さらに女性らしくなった祖母が、豊かな感性で名場面を諳んじると、不思議な感動が集まり拍手喝采となる。当時、生活に不自由であった北原白秋（きたはらはくしゅう）にも、弟さんを通して援助させていただいていたようでもあった。芸術家が大好きであった祖母は、事業が成功すると、その収入を少しでも皆に分けてあげたいと、多方面に出資していた。

　また、料理のセンスも抜群であった。味から、盛り付けから、器（うつわ）に至るまで皆、舌鼓を打つばかりであった。常に一年を通して、睡眠時間は三時間以上になることはなかった。にもかかわらず、肌はいつもすべすべで、黒髪の美しさも新日本髪に結いあげ、センスのよい簪（かんざし）もひときわ輝いて見えた。真白い肌と、ふくよかな胸元に、きりっと巻いた帯が、皆の目を釘付けにしていた。

　事業が軌道に乗ると、祖父はすぐに銀行を退社し、自社の社長となった。賢明な祖母は常に夫を立てた。九十二歳で亡くなるまで祖父は祖母にメロメロであった。総ては、祖母の働きであったが、いつでも祖母は、夫に対して敬語を使い、三歩下がって歩くようにしていた。夫の亡き先妻の実家に対しても、いつも気にかけ、そこに預けた子ども、つまり私の母の腹違いの姉の成長も気遣っていた。そして、その近隣の人達にも何かと贈り物などをして、その村から女中さんを募集していた。自分の産んだ一人娘にさせたような、無理な知的教育をさせようとはしないで、早々に結婚させて、何かと援助をしていた。工場の経営も、総て実際には祖母が一人で取り仕切っていたが、経済的にも、社会的にも、急上昇していった。

ゼロからの出発で大きくした工場の跡取りを立派にしたいと、一人娘である母の教育はとても厳しかったようだ。母も、ある程度までは、その教育方針に追いつけていたと思う。

話は少し変わるが、祖母はとても身長が低かった。その低いということに、大きなコンプレックスを持っていた。それに対し、祖父はとても身長の高い人であった。日露戦争でも、立派な身体で大活躍をし、勲章も授与され、そのことを祖母は誇りとしていた。母が身長が伸びたことに関しても、自分に似ないでスタイルの良い子に育ったことに満足していた。そして、当時は皆、着物で学校に通っていたが、いち早く母には洋服を着させて、いつでも素晴らしいドレスを仕立てていた。まさに、大正ロマン絶頂期の洋装姿の母の写真が、今でも残っている。下着から総て、レースやフリルのゴージャスなものであった。日本で初めてできた、下着の専門店のオカダヤで特注していた。そして、フランスからファッション誌を取り寄せて、自分でもデザインの勉強をしながら仕立て屋さんと綿密に相談を重ねて、洋装を取り入れていった先駆者であった。

さらしの襦袢（じゅばん）と、ネルの腰巻き、綿や絹の着物や帯しか知らなかった人が洋装を身に付けさせていく行程はたいへんなものであったと思う。母は、よくそれに順応して、皆が着物と袴（はかま）の中に、洋装で革靴を履いて外出していたことには感心するばかりである。革靴も特注で、編み上げのロングブーツ、短靴の姿が写真に残っている。今では、簡単に脱ぎ着できる洋服であるが、ファスナーもない時代のこと、初めての人にとってはさぞや大変なことであったと思う。

また、食事に関しても、ごはんと味噌汁、漬物の時代であったが、一足先に西洋料理を取り入れた祖母であった。栄養学も、すぐに勉強を始め、栄養表なども常に台所に貼ってあったらしい。孫の私にまでも、必須アミノ酸とかビタミンAとかBとかの話を延々と教えようとしていた記憶がある。

ある意味、典型的な明治の女でもあり、逆に超モダンガールでもあった。自分に似ず、長身でスタイルの良かった一人娘に、最先端のドレスを着せて、家での会話には英語だけではなく、フランス語もあった。私も幼い頃から「サンキュー」だけではなく「メルシーボークー」と日常会話の中で使っていた。母の万年筆の色は、黒とか紺ではなく、美しい紫色であった。

何事においても、トップでなければ気が済まなかった祖母は、あらゆる意味で一人娘の首を少しずつ、ゆるやかに締めていったのだと思う。熱心に教育して、確かにその成果が出て、成長する。すると、本人はとても嬉しい。ところが、その喜びを、次のステップのために充電する間が無い。その間という期間が最も大切なことだという認識が祖母には無かったように思う。結果を見た瞬間にもはや、次のステップへのアドバイスが始まっていた。

もちろん私は、母の成長過程に実際居合わせた訳ではないので、祖母の教育法に関して論じる資格はなく、総て想像の域を脱することはできない。けれども、本当に能力の有る二人の女性が、祖母から母へと、明治、大正、昭和、平成と生きた、その後に続く女性として、この二人の努力や熱意や、愛や忍耐が、実りを見ないで終わったことがとても残念でならない。この二人の狭間で、両方から愚痴らしき、溜め息を聞きながら育った私は、どちらが良いとか悪いではなく、二人の理想をよそに、なぜ、このような結果になるのかということに幼い頃より非常に興味があった。

また、祖母がゼロから起業した大事業も、後継ぎを育てることができなかったために、祖母が満六十歳の時点で閉鎖するに至った。一人娘を自分以上にして、会社を運営できるような人間になって欲しいと懸命に努力したが、途中から予定どおりには上手く運んでいないことに気付いた祖母は、次に全てを任せられるような婿選びに奔走した。実際に、社員の一人に実力者がいて、祖母の右腕というか、それ以上の方がいた。会社と娘をおまかせしたいと考えていた人材であった。その上、画家としての才能もあり、祖母好みの男性であった。私の部屋には、今でも、その方の油絵がかけてある。素晴らしい美しいバラの絵である。「あの人がいたら、会社はやめなくても済んだのに」という祖母の愚痴も耳にしたことがある。

なぜ、その方を婿にしなかったのかというと、祖母曰く「惜しいかな、あの人には、学歴がない」ということであった。祖母の上昇志向には、切りというものが無かった。その強い上昇志向にブレーキをかける能力があったら、一人娘も神経衰弱に追い込まなくても済んだし、適切な跡取りもできたとつくづく思う。

実は、途中からは、孫である私の兄を跡取りにしようと懸命に教育はしていた。いつもの口癖は、「人生とは子の代でだめなら孫の代、孫の代でだめなら、その次と、上昇してゆけばよい」というものであった。兄は、祖母の期待どおり、慶応義塾大学の工学部機械工学科へと進学した。けれども、タッチの差で、工場を閉鎖した後であった。

ここまで、自分の思い通りにならなくても、次々と、あきらめることなく、人生に高い夢を持って生き抜いた人も稀であると思う。なぜならば、会社は軌道に乗った最盛期に閉鎖したのである。全社員に、満足のいく退職金が支払えて、孫四人が、皆、大学を無事卒業できるだけの財力がある時、会社を畳んだ方が良いと考え、六十歳の時に大きな決断をした。大きな会社というものは浮き沈みがあるので、無能な夫や婿では、この先、見通しが暗く、沈んでいる時に閉社すると、桁が大きいだけに、「孫子の代まで借金まみれになる上に、長い間、会社に尽くしてくれた、多くの社員を路頭に迷わすようなことになるので、それだけは絶対に避けたい」と言っていた。

いよいよ工場閉鎖の前日に、気丈な祖母が、長い間、涙をぬぐおうともせずに、泣き続けた日のことを、私は今でも忘れることができない。翌朝からはさっぱりとした顔で、不動産屋さんへと出かけて行った。社宅を社員名義に変更したり、アパートやマンションを購入したり、色々と働き続けた。

その時の最大の買い物は、郵便局であった。「郵便局を買わなければ、たくさんのアパートが買えるのに、大事な孫達の父親の職業を買うことが一番大切なことだから、仕方ないよ」と言って、特定郵便局という建物を購入した。そして、早速に、父をその郵便局長とした。父は婿入りする前に、大学卒業後、郵便局で働いていたので、その経歴が功を奏し、早速に古巣に帰るように国家公務員としての勤務が始まった。まずは、局長勤務ごと局社を購入できるということは前代未聞のことであったという。郵便局が売りに出るということが、日本中を探しても無いことであった。

とにかく、その奇跡を、祖母は見事にやってのけたのである。国家公務員としての局長のお給料も高額である上に、局舎を国に貸し出しているということで、国から毎月、局舎料というものが入金されてきていた。その上定年もなかった。しかも、そのまま、局舎も局長の地位も世襲することができたため、私の次兄が、跡を継いだ。このようにして祖母の上昇志向がいくらかゆるんだ時に、我が家の安定はやってきたのである。自社の跡を継ぐために、機械工学に進学した長兄も、安心して設計技師となって、大会社に就職した。

母への過激な教育で燃え尽き症候群に追い込んだ失敗の再挑戦として、教育を施された私は、燃え尽き症候群になる前に工場閉鎖の決断によって祖母の上昇志向が緩和され、母親の二の舞いをまぬがれたのである。大きな工場も無くなり、たくさんの従業員もいなくなり、郊外に祖母が購入した小さな一軒家に家族ともども移り住んだ。父親だけが毎朝出勤するという静かな生活となった。

工場経営と、長兄と私の教育に忙しくしていた祖母であったが、一番大きな工場の経営の仕事が無くなった後は、突然、すべてのエネルギーを長兄と私に注いできた。

写真館のウィンドウに飾られていた祖母の肖像の中の１枚

第五章　心落ち着く場所

私は、今日、七十五歳の誕生日を迎えた。七十五年の間、生きてきて、たくさんの人に出会ってはきたが、私を育ててくれた、祖母以上の人に出会うことはなかった。それほどに、強烈な個性の持ち主に私は、二十四年間もの長きにわたり、影響を受けた訳である。

その祖母の死後四十八年という歳月が流れ、今、やっとその人の一生を、記録に残してみたいと強く思う日がやってきた。それは、祖母という人は、とても強烈であったが、どんな人にも共通にある欲望を、とても解りやすく行動に移し、さらにある程度の結果も明解に出した。そして私という個性を、この世に置いていってくれたからである。特に子育てに関しては、自分の一人娘に対しては、最先端の燃え尽き症候群という、今よくある結果を顕著に出した人である。

先ほど、祖母以上の人に出会うことはなかったと私は断言したが、「祖母以上の人」という言い方は解釈し難い表現であったが、そう言うより他に言葉がない。少し詳しく書くと、祖母よりも私を深く愛してくれた人、誰よりも私に関心を示し続けてくれた人。誰よりも無から有を生む力があった人。多くの人に愛された人。失敗してもすべて、成功の元にしようと努力した人。常に何かを求め続けていた人。世間のうわさや流行り(はやり)に動じなかった人。何事においても筋を通そうとした人、などなどである。以上のことが、具体的にどんなことであったか続けてみたいと思う。

私は、終戦二年後に生まれたので、最も出産率の高い年であった。まさに初のベビーブームに生まれてきた子どもであった。祖母は、この子が大学受験する時はたいへんな競争率になるだろうから、小学校を国立の付属に入学させなくてはと、年少の頃より受験の対策をし、成功に導いた。

また、私がある時ピアノを習いたいと言い出すと、ピアノはすでに調律してある楽器だから、耳の成長に役立たない。自分で音を創り出すバイオリンなら習わせてあげる。バイオリンが上手になって、音大を受験することになった時からピアノを習っても遅くはないと、私にとっては理解し難い理由を述べたて、無理矢理バイオリンを習わせた。

友人の家で、テレビが入ったのを聞いて、「私の家にもテレビを買って」とねだると、「テレビは、『今に日本中の人が、皆、同じものを観て、同じ考えを持つようになるから、同じ考えを持たない人を育てておかなければならない』ので、我が家は永久にテレビは買いません」と宣言していた。

その頃、学校の友達の家では日本家屋を一部改造して、応接室という部屋を増築し、そこにピアノとソファとテレビを設置するということが流行となった。私も、その流行にとても憧れ、改装を祖母にせがんだ。すると、『和室と畳というものは、日本文化の象徴であり、そこで正座するからこそ、背筋が通って、日本人は、きちんとした正しい考え方ができてきた』。だから、そんな改装はとんでもない。ソファもピアノもテレビも先に述べた通りの理由で、頑として、受けつけてくれなかった。

その頃は、「なんて古い人間なのだ！」と反発を感じたものであるが、今にして思うと、先の先を見通した、最新の考え方のようにも思えてくる。断片的に祖母を語ろうとしても私の表現がオーバーなのか、祖母が独断的な人であったようにしか伝わらないので、どうしてもたくさんの頁を使って、少しでも正確に祖母という一人の女性をこの紙面に残したいという思いで第四章を書いたが、書いても書いても次々と思い出すことが湧き出てきて切りがないので、ひとまず、祖母に振り回され続けた私が、いつ、どのようにして落ち着ける時間と空間を発見したかということについて、ここで明らかにしたいと思う。

当時、語学、勉強、書道、バイオリン、遠距離通学の日々で私の心の落ち着く暇はなかった。母の二の舞いを演じて、燃え尽き症候群寸前の私であった。そんなある日、近所に住む大学生のお兄さんが、自分の大学の学祭に連れて行ってくれることになった。私は、ただでさえ忙しい毎日なのに、どんなものかわからない大学祭などという場所には、行きたいとも思わなかった。ところが、前からそのお兄さんが通学していた慶応義塾大学には興味があり、珍しく外出することとなった。

行ってみると、やはり騒々しいだけの所であった。ジャズやハワイアンや、出店のやきそばやフランクフルトの「いらっしゃい。いらっしゃい」という声、マイクの音、私はすぐにでも帰りたい気持ちでいっぱいになった。

そんな時、紅白のテントに囲まれた、不思議な入り口を見つけた。暖簾をかき分けるようにして、その空間に入り込んだ。一歩、中に進んだ瞬間に、私はある感情に圧倒されてしまった。「私はずっとずっと長い長い間、これを、探し、求め続けて生きてきたんだ」と、息を飲んだ。静寂、清らか、美、リズム、薫り、安堵……。私は、やっと、生まれて初めて「自分の心の落ち着く場所」というものを発見した感動に身動きできなくなっていた。

それは、大学の茶道部の学生達が、一日にしてその場に仮に創り出した、お茶室であった。女性は和服、男性は羽織、袴という姿で、入室してきたお客様に小さなお茶菓子と一服のお抹茶をたてて、御馳走していた。その空間には、お香がたきしめてあり、相互には、ほとんど会話がなく、しっかりとしたアイコンタクトで物事が進んでいた。お点前をする大学生の一挙手一投足を、一瞬たりとも見逃したくないと思った。「これが、茶道というものなのか」と、これが、私が、探し続けていたものなんだ。「私は、明日から茶道を習いに行こう」と勝手に決め込むほどであった。「習いに行く前に、せっかくだから、ここで、動作を覚えていこう」。その場から、私は一歩も動かなかった。連れてきてくれた、近所のお兄さんは、その私の様子に驚き、「さあ、帰ろう」と私を促した。「もっと、ここで、見ていたい」と耳打ちすると、そのお兄さんは、「この茶道について、もっと詳しく、別の教室で、茶道部の研究発表がされているから、そっちで、もっと詳しく見ていこう」と耳打ちしてくれた。「それは、ぜひ、行ってみたい！」と思い、静かに、出口の暖簾をくぐった。

一瞬にして外は騒々しい雑音だらけであった。その暖簾の向こう側の静けさが、かけがえのない宝物のような空間であったことを、強く実感したものであった。

お兄さんと一緒に他の校舎に入って行って、茶道部の展示物を、私は一枚一枚丹念に見たり、読んだりした。もの凄い吸収力で、茶道というものを心にしっかりと刻み込んだ。中国から入ってきて、利休（りきゅう）という人物が、さらに昇華し、動作から入り、やがて心の世界を築いていく修行の方法であるということを、小学生ながら何となく、概略をつかんだような、満足感と期待感に満ちあふれ、帰路についたのであった。行きと帰りでは、まるで別人のようになっていたことを、今でも懐かしく、その時の自分を抱きしめてあげたいような衝動にかられる。

　さて、その後は一体、どのようになっていったのだろうか。帰って、祖母にさえ頼めば、早速にお稽古に通い始めることができると信じて疑わなかった。もともと、祖母は、日本文化を大切にする人であるし、私に着物を着せるのが大好きな人であるし、きっと喜んでくれると思っていた。ところが、返事は当時の私にしては、とんでもなく意外なものであった。「茶道を習いに行きたいなんて、十年早いよ。ああいう習い事は、嫁入りが決まってからでも間に合うよ。短期間に集中してやった方が嫁入り道具の御免状も、もらいやすいし、今から始めたら、時間がもったいないよ。今はとにかく、勉強する時期だから、余計なことを考えないで、一生懸命、勉強して、良い大学に合格することに専念すればよいのよ。さあ明日のために、早く寝なさい。今日は疲れているのよ」

　この返事ほど、私を落胆させた言葉はなかった。私は、恐れ多くも、この時祖母に失望したような気分になった。自分も、つい数時間前に茶道というものの略歴を知ったばかりであるのにもかかわらず、思わず祖母の無教養さを恥ずかしくさえ感じてしまったのである。茶道を識って、やっと、心の安らぎを見つけ出した私であったが、心の中は安らぎどころかメラメラと燃えるような衝動が、生まれて初めて起こってきたのであった。

　虚弱体質として生まれ、病気ばかりしていて、何事にも消極的で、なされるがままに生きてきたような私が、たった一つ、本当にやりたいことを見つけ出した一日は、情けなく終わってしまった。その日以来、ほとんど会話もなくなり、茶道のお点前の動作ばかりが、頭に浮かんでいた。せっかく覚えた手順を忘れたくないと、何度も何度も頭の中で、繰り返していた。相変わらず、忙しい毎日の中である日、ふと、突然思いついたことがあった。

「そうだ。祖母には内緒で、茶道を習い始めよう。月謝の代わりにお掃除などをさせてもらうように、頼み込んでみよう！」

　その思いつきは、何日も心を虜にした。知らない茶道の先生に初めて話しかける恥ずかしさと勇気が無く、なかなか実行に移すことはできなかった。茶道教授の看板も何軒か見つけ出していた。入り口まで行けても、ベルを押すことはできなかった。どんな風に話し出すかも、練習してみたりした。

ついにある日、実行に移すことができた。練習の通り話し出すと、初めは優しく対応してくれたお茶の先生も、親には内緒で習わせて欲しいというくだりから、顔色が変わった。それでも、お掃除でも何でも手伝いますから、という辺りから、顔がさらに怖くなり、「早く出て行きなさい。さもないと、警察を呼ぶわよ」と言われてしまった。本当に驚いて、体がガタガタとふるえた。家に飛んで帰って、皆に見つからないようにかくれて、体のふるえをおさえた。夜も眠れないほど怖い思いをした。茶道を習うということが、それほど難しいことかと、何度もあきらめようとした。あきらめなければならないと思うほどに、心がさわぎ、心の安らぎを茶道に求めていた。そのような訪問の怖さを忘れてきたある日、また、思いついたことがあった。あの先生は、特別な、変わった先生だった。茶道の先生は、あんな人ばかりではないかもしれないから、違う先生の家に行って頼んでみよう。ついに、実行に移す日がまたきた。ところが、何と、大なり小なり、同じような結果となってしまった。

それでもあきらめることができずに、隣の町の茶道教授の看板を見つけて、勇気をふるって、その庭の井戸のふちに腰かけていたおばあさんに声をかけた。その人がお茶の先生なのか、その家のおばあさんなのか、よくわからなかったので「あの～お茶を習いたいと思って、おうかがいしましたが、先生はどちらにいらっしゃいますか?」と話しかけた。すると、そのおばあさんは、とても嬉しそうに、顔がくちゃくちゃになるほど笑顔になって、「なんて賢い、可愛い子なんでしょう。私は、毎日、ここで、あんたが来るのを待っていたんだよ。さあ、中にお入り。さあ、さあ、こっちにおいで」と、もぞもぞしている私をお茶室へと、手をとって、勧めてくださった。「あの～月謝がなくて、何かお手伝いを……」と言い始めるや否や、「月謝なんか、何もいらないよ。お手伝いなんか、何もせんでよいよ。必要なものは、ふくさでも何でも、あげるから、持っておかえり。今日は取りあえず、ふくささばきを教えてあげようね。そして、おいしいお茶を一服、飲んでお帰り」と、早くもお茶菓子を差し出してくださった。

「苦あれば楽あり」の言葉どおり、さんざん断られ、警察を呼ばれそうになって、追い出された私にとって、これほどにありがたい御言葉はなかった。感謝の涙があふれてきた。心の底からの尊敬と敬愛の念が、堰（せき）を切ったように、流れ出てきた。どんなことがあってもどんなことをしてでも、この先生についていこうと、熱い熱い想いが、心の中に湧き起こった瞬間であった。

その日から、私は寝てもさめても、総てが、お茶の修行であった。何をする時もきちんと背筋をピンと伸ばして、正座をしていた。それは、お稽古に行った時に足がしびれないようにするため。水道の蛇口をひねる時も静かに美しい動作になるよう毎回、練習を繰り返した。食事をする時の、茶碗や、お椀の上げ下ろし、箸の上げ下ろし、玄関での靴の脱ぎ方、履き方、歩き方、座り方、総てに神経が行き届くようにと、配慮するようになった。一般のお稽古は、一週間に一度であったが、月謝をお払いできない私に、何と、先生は、「毎日でもおいで。いつでも来たい時は、来たらいいよ」と言ってくださって、とても嬉しそうであった。

何週間か過ぎて、私の生活の異変に気付いた祖母が、私がお茶を習い始めたことをつきとめた。さぞかし、その時は怖い事が起こるだろうと、必死にその日が来ないように注意していたが、ついに、その日が来てしまった。すると祖母は、「おまえという子は、なんて、強情な子なんだろう。それならそれで、早く、おばあちゃんに言えば良かったのに。先生のお家に御挨拶に行かなければいけないでしょ」と言って着替えて、菓子折りを持って私と一緒に先生の家に行き、御無礼をお詫びし、未納分のお月謝の精算をしようとしたが、先生は、「私が勝手にやったことだから、何も、気にしないで、来月からでけっこうです」ということになった。相変わらず、お月謝は一般の一週間に一度の分で、私は何日でも通ってよいこととなった。

なかなか、人に頭を下げたことのない祖母であったが、お茶の先生には、何度も何度も頭を下げて、「どうぞ、この孫をよろしくお願いいたします」と、お願いしてくれていたのが印象的であった。「私がいなくなっても、先生、どうぞずっとずっと、この子を導いてやってください。この子は、誰の言うこともきかない子ですが、先生のおっしゃることは、何でも素直になれますので、どうぞどうぞ末永くよろしくお願いいたします」と、本気でお頼みしている様子を、今でもよく覚えている。

あんなにも、反対していたのに、なぜ？　と不思議に思うほどに、祖母は、私が茶道を習うことに、百八十度、転回して協力的となった。毎回毎回、お稽古に行く度に着物を着付け、帯を結んでくれて髪型も整えて見送ってくれるようになった。学校から帰ると、その日に着て行く衣装が、下から順番に丁寧に重ねられて衣装盆に載っていた。お茶会の度に、着物や帯や襦袢が増えていった。

やがて中学生となり、茶道中心の日々が続いた。そんなある日のこと、いつものように学校から帰ると、庭の片隅にあるはずの炭小屋が全く無くなっていて、驚いた。何と、大工さんが来ていて、祖母曰く（いわ）、「もう炭の時代は終わったので、小屋の跡地に、お茶室を建てることにした」ということであった。

何のひと言の相談もなく、空間になってしまったその場所は、私の中学三年間のほとんど全てと言ってよいほどの大切な場所であった。なぜなら、私はその使われていなかった炭小屋が大好きで、その小屋の中に密かにお茶室を作ってあったのだ。三年間もかけて、不用の畳や木材を、少しずつ、そこに運びこんで、見よう見真似で、襖（ふすま）や障子まで取り付けてあったのだ。襖の作り方は、建具屋に通っては、一から、作り方を覚えていったのだ。さながら、大工さんか建具屋にでもなるような勢いで、真剣に取り組んでいた。茶道具も、家の食器棚から、使っていないどんぶりや花器などを、その小屋に持ち込み整えていった。ついには、長い長い電線まで引き込み、電熱器や照明器具まで付けてあった。お稽古から帰ると、そのプライベートお茶室で、その日の復習に余念がなかった日々であった。

私のお茶の先生は、常に私に「茶の心」ということを、丁寧に教えてくださっていたのだ。お茶は、「無から有を生じる」考え方を学んでいくので、お道具はいらない。総て、いらなくなったものの中から拾い出して、創造していくものなのだと教えてくださった。常に質素で倹約をモットーとする。それ故、茶筅（ちゃせん）も茶杓（ちゃしゃく）も柄杓（ひしゃく）も、ふた置きも、総て、庭の竹を一本取ってきたら、手作りできるように考えられているという風に教えられ、私はそのようなお茶の根本精神が大好きであった。本当に、芯から底から、その考え方は、心が安らいでゆくのであった。

灯油や、ガスや電気が使われるようになって、誰も出入りしなくなった炭小屋を、少しずつ整理して、独自のお茶室にしていく工程は、中学生だった私を、茶道を習得していくのと同じぐらい、夢中にさせるものであった。

そうして築き上げたものが、ある日突然に、学校から帰ると、ただの空間になってしまった衝撃は、私にとって半端なものではなかった。それは、怒りなどと表現できる程度のものではなかった。ほとんど、「死」をはっきりと意識させるほどの事件であった。本気で「自殺」を毎日考えるようになってしまった。あの時の、空虚感というものは、生まれて初めて味わった強烈なもので、どんなに表現しようとしても、書き尽くす事ができない感情であった。祖母の「お茶室を建ててあげるから、楽しみにしていてね」と意気揚々としている笑顔と全く対照的なものであった。私の落胆は、誰にも理解されるものではなかった。

まもなく勉強部屋や、待合室、トイレ、台所、玄関付きのお茶室が出来上がった。そんな建物の中で、とても暮らす気にはなれなかったが、そこ以外に私の居場所はなかった。家族中からただの我がまま娘として、その能面のようになってしまった顔を疎ましく思われるだけのことであった。丁度、高校受験期とも重なり、地獄のような日々の始まりであった。この第五章のタイトルである「心落ち着く場所」は、一気に転じて、「心落ち込む場所」になってしまったのであった。

あの日から、約六十年という歳月が経過して、私は、今、ここに、初めて、本当にあった事実をこうして文章にすることができたのである。この告白をしないで、人生を閉じることはできないと、しみじみ思うようになったのである。私が我がままであったのか、祖母が無理解であったのかという、疑問を自分の中で繰り返してきた日々であったが、それは、どちらでもよく、答えの出る問題ではないことに、七十歳を過ぎる頃から気付きはじめた。総ては、ハッピーエンドへの道程であったと心の底から思えるようになった今、私の両肩の重い荷物を下ろすことができるようになったのである。

それは、時間薬という薬の効果でもあるが、その重荷をずっと、じっと背負い続け、解答を出す努力をしてきたお蔭であると、わかったのである。問い続けることを、あきらめなければ、いつか、きっと明解答が見つかるということなのだろう。告白と明解答は、ほぼ、同時に実現することも、今、ここで、書き記しておきたいと思う。

さて、次に私の茶道を通して学んだことを、ここに残しておきたいと思い、次の章に進むこととする。茶道というよりは、「私の茶道の先生の教え」と書いた方がより正確である。なぜなら、多くの茶道の先生という人々は、私を門前払いして、「警察を呼ぶ」と脅した人物に近いからである。祖母が初めから、私に茶道を習わせてくれたとしたら、たぶん、知る限りの中から、有名で立派なお茶室やお道具のそろった教室を選び、私を連れていったことと思う。私は、その時点で何か、子どもながらにこれは大学祭で見つけだした最高の心の安らぎの場所とは思えず、しばらく習った挙句に、「やめたい」と言いだしたに違いない。けれども祖母の反対によって、私は一人で、それらの高級なお茶の先生方との出会いを済ませてしまっていた。そして、全く無欲な、本物の先生と、縁することができたし、大学祭で感じた茶道という静寂や、清らかさの中に身を置くことができるようになったのであった。

だからといって、高級なお茶室や、お道具が総て茶道の本質からはずれているということでは決してない。だんだん深くなるにつれて、本物の良さも重要になってくるのである。その一番の具体例は、祖母が私のために建ててくれたお茶室もどきである。勉強部屋まで付いた、二階建てのその建物は確かに合理的であり、炉もあり、畳の部屋もあったが、その隣には、バイオリンを練習するための洋室もあった。すべてが、ちぐはぐとしていて、お茶室とは程遠いものであった。そのような建物を与えられても、その中でお茶をたてても落ち着けるものではなかった。

あれから六十年近く経過した今でも、私はお茶室という落ち着ける場所を持ってはいない。六十年もずっと欲しいと思い続けているものを、今、本当に自分で建てるということになると、やはり本物のお茶室が欲しい。警察を呼ぶと言って私を追い払った先生達のお茶室なのかもしれない。そんな高価な大切な場所のお掃除なんか、こんな月謝も払えないような小娘にされては大変と、追い払われたのかもしれないのである。高価な茶碗や水差しも、指一本、触れて欲しくなかったことと思われる。

また、私の茶道の先生のお茶室には、高価な茶碗が全く無かった訳ではなく、本物がたくさんそろえられていた。ゴミの中から拾ってきた、欠けた茶碗と並んで、凄いものも手近にあった。その本物の手触りや、手にぴったりとはまる形の良さや重量感も、今でも手の中にしっかりと、その快感が残っているほどである。形ではないが、形なのである。お金の高い安いではないが、本当に良いものとは、とても高価であることが多い。心は大切であるが、心だけではない。

祖母も、一刻も早くお茶室を私のために作ってあげたいという熱い心はあったが、私が秘かに自力で作ったお茶室の心は、全く、感じることができなかった。私も、祖母の熱い心は、全く理解するには程遠かった。あれから六十年、今、七十五歳になって初めて、祖母の心を思いやる心の余裕が生まれてきたのである。

実際には、その二階建ての部屋の中で、高校三年間、私は茶道もしたし、バイオリンの練習もしたし、勉強もしたわけである。どのようにしたら死ねるかなどと考えることが底辺に常にあった日々であったが、細々と、生きつないだ場所でもあったのだ。

小学生の時に茶道と出会い、中学生の三年間で、自分なりのお茶室を作り、その中でお茶の作法を訓練し、高校の三年間で、さらに茶道の腕をみがきながら、死と直面し、向かいあっていた。あれほど、人生に絶望しながらも、生き抜けたのは、茶道と茶道の先生の存在があったからなのだと思う。

「心落ち着く場所」というタイトルから、とんでもない話が展開してきてしまった。

お茶室で静かに茶道をしている様子

第六章　茶道の先生の教え

小学校高学年の時に、近所に住む大学生に連れられ、初めて茶道の動作を見た。着物姿の一人の人が入り口で挨拶をし、入ってきて、次々と道具を運び、釜からお湯を注ぎお茶をたてて、お客様に出して、その返却されてきた茶碗を洗って、次々と道具を元に戻し、挨拶をして、立ち去る。その十五分間の動作の流れの美しさが、私を虜にした。私は、その場で、その総ての動作を覚えてから帰ろうと決意した。

小学生だった私は、その日まで、何一つ、「覚えたい」などと思ったことがなかった。学校で教えられる国語や算数、書道教室で習う筆の持ち方、バイオリンの弾き方、家での食事の作法など、教えられることだらけの毎日であった。その中のどの一つも、覚えようとは思わなかった。虚弱であったせいもあったが、覚えたいという意欲が全く、起きなかった。覚えることばかりでなく、徒競走でも、がんばって一番になりたいとは思ったことがなかった。ちょっと頑張ろうと思うと、すぐにころんでしまうのであった。何をやっても、どじ、のろま、運動神経ゼロなどという言葉をあびるのみであった。忘れものも、多かった。忘れないようにと言われたそばから、忘れていく子であった。毎日続く、学校や、お稽古事は、休まず通ってはいたが、決して意欲的ではなかった。

ところが、茶道だけは違った。十五分間の動作を、その場でほとんど覚えてしまったのである。すぐにお稽古に通い始めたかったが、祖母の反対にあい、なかなか習うことができない間も、その覚えたことを忘れまいと毎日、自分の中で復習していた。たくさんのハードルを乗りこえて、やっと茶道の先生と出逢うことができて習い始めた。すると、その先生は、その覚えていたということを、何度も何度も誉めたたえてくださるのであった。「こんなに賢い子は見たことがない。美しいねえ、おりこうだねえ～」と、ずっと誉め続けてお稽古が終わるのであった。そこを、もう少し、こうする、ああするというアドバイスも挟み込まないのであった。そして、いつも御ほうびがあった。先生のふところからは、魔法のように、何かが出てくるのであった。お稽古の帰りは、私は一人、ニヤニヤと、笑みがとまらなかった。心が、何とも優しくなっているのであった。もっともっとよく覚えて、スムーズになって、先生を驚かせたい気持ちでいっぱいになるのであった。

先生の着物の着方には、びっくりするようなことがたくさんあった。ある時、足袋を片方だけ裏返しにはいておられた。あっ、裏と思った瞬間、私が口に出す前に、先生のお話が始まった。「あのね、この頃どうしてか、足袋が、両方の数が合わないことがあって、片方だけ増えちまったんだよ。捨てるのはもったいないから、片方を裏返しにはくと、丁度良いと思いついたんだよ」と笑っておられる。「先生、足袋が……」と言わなくて良かったと、胸をなでおろした。もし、先に私が言ってしまったら、理由がわかった後に、私が恥ずかしい思いをするだろうという気遣いから、先生の方から、足袋のことを話し出す。常に、相手のことを考えて行動を起こす。それを、「茶の心」と言うのだなあと、帰り道に先生の優しさが、身にしみ込んでゆくのであった。

また、ある時、先生は、真っ黒い喪服を着ておられた。どうしたのかな？　と疑問に思うと、羽織の前をパッと開けて、中に真紅の帯をしているのを見せてくださった。「赤と黒、美しいもんじゃ」と独り言をおっしゃる。本当にゾッとするほど美しいと感動した。次に、独り言が続く。「私はねえ、もうこんな歳まで生きてきてしまって、もう、私より年上の人は、いなくなってしまったんだよ。だからお葬式用に作ってあった喪服は、もう着る時がなくなった。捨てるのはもったいないから、娘時代の帯と合わせて、普段に着ることにしたんだよ。いまさら着物を新しく買っても、もう着る期間が少ないから、あるものを全部、使い切ってしまおうと思っているんだよ。ねっ、なかなか、ハイカラだよねぇ」とおっしゃって、また、羽織の前を開けて見せてくださった。私は、涙を隠した。隠しても隠しても流れてくるほど、感動していた。先生には、永遠に生きて欲しいと強く思うばかりであった。実際に百三歳まで元気にお茶を教えておられたのであった。先生には、人のモチベーションを引き上げる力と技があった。それが「茶道の心」なのだと、強く心に刻むことができた。

先生のアドバイスには、特別な、考えさせる力があった。ある時、私のお点前をじっくり観ておられた後に、「実に美しい良いお点前だねえ。あと少し、リズムが出てくると、もっともっと素晴らしいねえ」とつぶやいておられた。帰りの道で私は、自分のお点前が、実に丁寧過ぎて、平坦なものであるのだと気付いた。失敗を恐れて静かに、ゆっくりと、初めから終わりまで、ほとんど同じテンポで無難に終わるのであった。「どこが、どうして、どうすれば良いのですか」という質問は先生にはしたことがない私は、強丈と言えば強丈なほど、おとなしい子であった。最少の言葉で、絶対に相手を傷付けまいという先生の優しい心遣いが嬉しくて、どうしたら、先生の美的感覚に添うことができるようになるのだろうと、毎日考えていた。

話は少しそれるが、私は、その頃、満員電車の通学が耐え切れず、一番電車のすきの電車で高校に通学していた。まだ誰もいない校舎の廊下を歩いていた時、珍しく、発表会が間近にせまっていたのか、やはり、一番乗りで、やってきていた生徒が一人いた。その生徒は、お琴の練習室で、練習を始めていた。早朝の静かな廊下に響く、琴の音色が、途端に私の心をとらえたのであった。「あっそうだ、これだ！」と合点がいった。「お琴を習ってみよう！　このリズムかもしれない！　私に欠けていたのは、この動きかも」という思いで、早速、その日の内に琴部に入部した。盲目のお琴の先生は、とても喜んで、私の入部を許可してくださった。なぜか、何をやっても会得が遅い私なのに、お琴は、とても早く覚えることができた。初めの目的を忘れ、しばらくは、お琴に夢中であった。

するとある日のこと、何も知らないお茶の先生が、「この頃のお点前には、とても良いリズム感があるねえ。今度のお茶会の時の泉のお点前は、隣の部屋で誰かにお琴でも奏でてもらうと良いねえ」と、独り言をおっしゃっておられるのを聞いて、私は本当に驚き入ってしまった。本当に感覚が研ぎすまされているような先生であった。このデリケートな審美眼こそが「茶の心」というものなのかと、深く深く、先生の美意識が私の心の中に響き渡ってくるようであった。

また、さらに、ある時、先生の独り言が耳に入ってきた。「泉のお点前は、本当にやわらかく、しなやかで、美しいんだけど、優し過ぎて、何か少し物足りないところが惜しいねえ。しゃんとしたところがあると、もっともっと、立派になるような気もするよねえ」。帰り道「そうかあ。しゃんとするって、どういうことなのかなあ」と難題に悩み始めていた。相変わらず、いつもの通り、高校の通学は続けていたが、丁度その頃、校長室から、呼び出しがかかった。校長直々に、何を言われるのかと、ビクビクして、校長室の戸をたたいた。私は、毎朝一番に学校に行っていたので、同じく一番に登校してくる校長の義理の父親である会長先生と、とても仲良しであった。誰もいない会長室で、先生や生徒が登校してくるまでの間、『養生訓（ようじょうくん）』という、昔の本の解読の講義を九十歳ぐらいになる会長先生から教えていただいていた。そんな光景を時折、垣間見ていた校長先生が、私に話があるという。

「この学校に剣道部を作りたいと思うんだが、いずさん、君の力を貸して欲しいんだ。赤銅鈴之助（あかどうすずのすけ）が着用していたような、かっこいい防具をプレゼントするから、剣道を始めてみんかね」という。「君が袴をはいて赤胴をつけて、お面かぶって剣道をやったら、とても似合うから、部員が一気に百人になるかもしれんぞ！」とニコニコしておっしゃった。想像もできないくらい、私とかけ離れた話であって、返答のしようがなかったが、お茶の先生の独り言が急に頭をよぎった。「はい、ぜひ」と、もはや、返事をしていた。

早速に、早朝稽古が始まった。運動を全くやったことのない私でも、何とかできる動作であった。相手の動作が始まる前に、相手の目論見を読むという、茶道に似たような感覚に興味が持てた。もちろん、お茶の先生には言わないで始めた部活動であった。余談ではあるが、校長先生の目論見通り、あっという間に部員が集まった。

例によって、お茶の先生の独り言が始まった。「どうしたんだろうねえ、この頃の泉のお点前には、一本、しゃきんと筋金が通ったみたいだねえ。立派なお点前になったねえ。大したもんだねえ」と、成長をとても喜んでくださった。

お茶の先生の示唆には、何か特別な力があるように思えた。先生が望むと、必ず、その望みがかなうような御縁が、私の周りにできてくるのであった。そのご縁を敏感に感じて、こちらがしっかりとキャッチして努力をしてみると、その成果を、先生は、絶対に見逃さない。先生といつでも、心のキャッチボールをしているような、楽しさがあるのであった。その一定の距離感やリズム感が「茶の心」なのではないかと思うようになった。

時折、先生の代わりに先生の娘さんが、お稽古場に座ることがあった。気軽な服装で入ってこられることが時々あった。スカートにセーターという感じである。私のお茶の先生は、いつでも着物であった。生徒さんには、お勤めの帰りや学校の帰りに寄って習っていかれる方も多いので、どんな服装でもお茶はできるよと、優しくおっしゃっていた。ところが、自分の娘さんが自分の代わりに教える時は、着物に着替えて欲しい様子であった。そんな時、自分の娘といえども、ダイレクトには、言わないのである。その娘先生のすぐそばまで近づいていって、羽織っているセーターを触りながら、「これは、裏返しに着ているのかい？」とおっしゃる。「いえ、これがちゃんと表ですよ」と娘が言い返す。数分もたたない間にまた同じ、動作と言葉をかける。「いやだね、母さん、さっきから同じことを何回も言って。わかったわかった、着物に着替えてくれれば、良いんでしょ！」と娘先生がお茶室を出て行くと、皆、クスクスと笑いをこらえているのであった。

このような親子の会話に、私は、とても感動したものであった。私の家では、祖母は、こんな時、ダイレクトに母をしかりつけるのであった。その場で、母は大恥をかいて、行き場を失うのである。丁度、同じぐらいの年代の親子のやりとりを、私は興味深く受け取ることができた。「茶の心」というものはこういうものなのだと、感心するのであった。ちょっとしたユーモアがあり、そこに同席している総ての人々の心を気遣い、しかもきちんと自分の言いたいことを相手にしっかりと伝えることができる。私が先生を尊敬すればするほどに得るものは大きくなってゆくのであった。

逆にお茶の先生と、ことごとく違う祖母の強引さが浮き彫りになって、祖母に対する反抗心がつのっていった。けれども、実際には茶道のお稽古の度に、着物を着付けて、髪を整え、足袋や履物を揃えて送り出してくれる祖母に対する感謝の心もあり、高校三年間が複雑に過ぎていった。尊敬と、反抗と、感謝と、相反する感情が交互に私の心を不安定にしていた。祖母は、あまり口に出して私にせまってくるようなことはなかったが、祖母の心の中の声は、私には、こだまのように響いてくるのであった。お茶室も立派に建ててやった。お稽古にも通わせてやっている。何一つ、そつなく孫の教育に智恵をしぼっている。自分の娘の時よりも、孫の教育の方がずっと上手くいっていると自信を持っている祖母のことを思うと、心が騒ぐ私であった。

根本的に何かが違う。祖母が習わせている茶道と、自分の中で、少しずつ深めていっている茶道との差は、大きくなる一方であった。私が中学三年間をかけて作り上げたお茶室が、学校から帰ると全て取り壊されて、ただの空間になっていた日の衝撃は、ただの一日も忘れられるものではなかった。その時の虚無感から、何とか脱出したいと、毎日、願ってはいたものの、その虚無感の上に、色々と成立しているような、あやうさが、私の頭の中で行ったり来たりしていた。それでも、お茶のお稽古は、どんどん進級していった。動作は的確に覚え、内容も充実してはいるが、今一つ、「本当にこれで良いのか?」「茶道とは一体何なのだろう?」という疑問がだんだん、大きくなっていった。そんな、高校三年生のある日、ついに私は、先生に質問してしまった。

「先生、茶道って何なのですか?」と、先生の顔をまじまじと見つめていた。先生は、驚く様子もなく、「ああ、それはね、『茶の本』という本に書いてあるから、本屋さんに行って買ってくるといいよ。岡倉天心という、えらい人が書いた本で、それを読むと、きっと、賢い泉だったら、わかると思うよ。わかったら、私にも教えてね」という答えであった。早速、私は、本屋さんへと急いだ。

最も尊敬した茶道の先生（右）

第七章　茶道から禅へ

早速に、『茶の本』を読み始めると、今までの疑問が次々と解かれていくように、気持ちの良いものであった。読み終わると、閉ざされていた心のドアが新たな空間に向かって、静かに開いていくような、未知の世界への期待感が、高まった。自分で造り上げた、小さな炭小屋のお茶室が一日にして壊されてしまったことへの、絶望感に執着していたことが、遠い過去のことのように感じられた。茶道の先生と自分の祖母との価値感の隔たりの大きさに対する違和感が急に、絶妙のバランスのように感じられた。「茶道は、禅を知るための手段であったこと、入り口であったこと。その奥にどこまでも広がっている禅の世界を知らないことには、茶道を体得することにはならないのだ」という気付きは私を大きく変えた。入り口で、生きる、死ぬと考えていた自分が、とても幼く小さく思えるようになった。これからは禅の勉強と修行をしてみたいと思うようになった。

丁度、高校から大学への受験期であったので、禅の大学に進学して専門に学んでいきたいと、未来がいよいよ開けてきた。しかし、相変わらず、前途に、両手を大きく拡げて、その道を閉ざそうとする人がいた。祖母であった。私は、仏教学部、禅学科への入学を望んだ。祖母は、「お坊さんになる訳でもないのに、そんな学部を受験するのなら、受験料、学費も何も一切出さない」と断固として、受験を反対するのであった。あやうく、再び絶望の淵へ追い込まれるところであったが、茶道を続けていたお蔭があってか、絶望することも、対立することもなく、同じ大学で、受けても良い学部があるかどうかを尋ねていた。何と、祖母も、少し、今までとは変わっていた。「英文科に行って、英語教師の免許を取ると約束したら、学費は出してあげましょう」というう返答であった。私の母に、英仏語を同時に習わせていた、語学コンプレックスのような祖母らしい答えであった。祖母の、国際人を育てたいという夢にも少し近づくのかもしれない。でもなぜ教師の免許が必要なのかと尋ねてみた。すると、お金を出すからには、領収書が必要なので、その教員免許がつまり領収書に相当するのだという答えであった。

私は、一瞬、頭の中が、こんがらがってしまった。しかし、反論の余地はなかった。私は、どうしても禅の勉強がしたかった。こんなことで、その大きな夢を捨てる訳にはいかなかった。その申し出を受け入れる以外に、先が見えなかったので、文学部英米文学科へ入学した。そして祖母には言わないで、入学と同時に坐禅部に入部し、夜間学部の禅の授業の聴講生となった。そして学年が進むにつれて、昼間部の授業のすき間に、禅学科の授業も受けるようになった。

禅の勉強は、本当に深く、勉強すればするほどにわからないことが増していくという案配であった。迷路にはまり込んでいくような日々の中に、ついに、千利休の偉大さが本当に理解できるようになっていった。禅の難しい内容を、動作から体得できるように工夫されたものが茶道なのだと理解できるようになった。無形の哲学を書物でなく、動作で認識させようと体系化した人物は、世界的にも歴史的にも、利休以外には、いないのではないかと、ただただ感動するようになっていった。その偉大な人を、生み出した日本という国、日本文化の特殊性などにも驚かされた。

大学生になった頃から、私の茶道の先生は「もう、これ以上、教えることが無くなったので、もっと成長したいのなら、今度は、泉が、茶道の先生になることよ」と毎回、お稽古の度に言われるようになった。それを聞いた祖母や兄は、早速に生徒を探し出し、知人、友人の中から、一人、二人と生徒を連れてきてくれた。二階建ての、勉強部屋兼、茶室は、待合室やトイレまで付いていて、すぐに活用され始めたのである。あれほどまでに、おぞましく、嫌悪の元であった、祖母の建てた茶室もどき建物も、大いに役に立つ時がきたのであった。こんな風に、禅の教えは、静かに、静かに、ゆっくりと私を大きく、深く、成長させてくれていたのである。何よりも茶道の先生の偉大さと、祖母の強引な実行力と、禅の師との出逢いのお蔭であった。

禅と一口に言っても、悟りを求めて修行に励む禅と、悟りを求めず、ひたすら坐禅をする禅と大きく二つあることがわかった。私が入学した大学は、後者の方であった。道元禅師（どうげんぜんじ）の書かれた、『正法眼蔵（しょうぼうげんぞう）』という本を、専ら、学ぶ日々となった。大学に入学してから四年間、ずっと、この、莫大な九十五巻の本の解読に明け暮れた。そんなある日、「『茶道』とは何ですか」と先生にまじまじと質問した日と同じようなことが起こった。突然、「禅とは何だろう」という疑問がふつふつと湧いてきた。

禅のルーツをたどってみると、それは、仏教であった。インドで生まれた仏教は、達磨(だるま)大師によって、中国に運ばれた。そして、中国の如浄禅師(にょじょうぜんじ)から日本の道元禅師によって、日本に伝来した。禅から茶道が生まれた。その逆をたどっていった私は、日本から中国へ、そしてインドへと興味が西へ西へと移っていった。

学問でなく、体で学んでみたいと思い、ヨーガに異常なほどにひかれていった。その頃、日本では、まだ、ヨーガを教える人は、いなかった。何とか、色々たどって、少しずつヨーガを学んだ。坐禅をする時の姿が、ヨーガの中の一つのポーズであることがわかった。ヨーガのたくさんのポーズを覚えてから、改めて坐禅をしてみると、とても楽しく坐禅することができるようになり、さらに、茶道の動きも非常に理にかなっていることが、はっきりと認識できるようになっていった。茶道に始まり、禅、ヨーガを勉強すればするほどに、全くわからなかったことが次第に、少しずつではあるが、納得いくものとなっていく。

勉強というものは、切りがないのだとわかるようになっていった。勉強という、長い旅を、これからも、迷いながら、行きつ戻りつ歩んでいくのだろうということがだんだんとわかっていった。生きている限り続く長い長い修行の旅であることがわかると、次第に、旅は楽しむものという、心の余裕が生まれてきた。勉強、修行と、何かも一生懸命すれば、成長していけるものと思い込んでいた自分を客観的に見ることができるようになっていった。この壮大な旅路を、一歩一歩ゆっくりと楽しんで行きたいと強く思うようになった。いつから、どこから出発しても、死ぬ瞬間まで続く、長く楽しい旅路、いや死ぬ瞬間から、また、新たに出発する無限の旅なのかもしれないと思うようになっていった。「旅は道連れ、世は情け」という言葉があるが、この世で、御縁があった総ての人たちが、この壮大な私の旅の道連れであるとわかると、増々、楽しくなっていった。

禅の教えでは、今の瞬間を大切に生きるという。今の瞬間のみが、過去でも未来でもない。過去は、すでに過去のもの。どんなに、やりなおしたくても、どんなに、素晴らしくても、もはや、過ぎ去ってしまったことである。未来は、全く未知の世界であり、どんなに予想しても、どんなに準備しても、あくまでも、架空のことである。

過去、現在、未来を煮つめて考えてみると、唯一、確実に存在するものは、現在だけなのである。しかも、現在は、時間の経過と共に、常に過去となっていく訳である。もっと短い単位で考えると、常に未来は過去となっていく訳である。唯一、確かに、生きる実感のあるものは、今の瞬間である。今の瞬間こそが、生きている実存なのである。このことは、茶道の先生が、いつも、お稽古の度に教えてくださったことである。

入り口の襖の前に水差しを置いて、静かに、襖の取っ手に手をかけ、襖を開けて、始まりの挨拶をする。水差しを、両手にとって立ち上がり、左足から茶室に入る。お茶を客に出して、片付けをして再び、襖を開けて、始めの通り、茶室の方に向きをかえて、水差しを置いて、終わりの挨拶をして襖を閉じて茶事が終了する。約十五分間である。その始まりが出生であり、終了が死である。この十五分間に、自分の一生の生き方の生きざまを学ぶのである。人によって相違はあるが、約八十年間の縮図が茶道の十五分間である。この十五分間から、自分の一生の旅路の充実、楽しさ、美しさ、深さ、軽さ、快適さ、道連れとの距離感や、対話や、静けさ、風の音、寒さ、あたたかさ、人の優しさ、虫の声の美しさや、釜の湯の煮立つ音、何百枚、書いても、書いても書き切れない、人間の情感を学んでゆくのが茶道なのである。この十五分を、もっともっと煮つめていくと、禅の今の瞬間になる。今の瞬間を学ぶのが、道元禅師の「只管打坐（しかんたざ）」*注1という四文字に集約されるのである。坐禅と茶道を置き換えてみると「只管打茶」、ただひたすら茶道するということになる。茶道をしている瞬間瞬間が、自分がそこに生きているという実感を確実なものにしてくれる。実存の瞬間を獲得し続ける十五分間のお点前を続けていると、心が落ち着き、自分がいつのまにか、一番、楽に自然に自由にいられる地点に着地している。

禅の教えは、「不立文字（ふりゅうもんじ）」*注2と言われていて、書いても、書いても、文字では表現できるものではない。いくら、本を読んで勉強をしても、会得できるものではない。唯一、私が、近づくことができるとしたら、お茶室で、静かに、お茶をたてている時なのかもしれない。襖を開けて挨拶をして、お茶室に一歩踏み入れる時が、出生の時と考えて、十五分間を、自分の一生と考える。お点前をしている時、その瞬間瞬間に、私は、今何歳まで来ているのだろうかという疑問が起きる。七十五歳だから、そろそ

*注１　只管打坐…ただひたすらに坐禅をすること。

*注２　不立文字…禅の悟りがどのようなものであるかは、文字や言葉では伝えられないということ。

ろ「おしまい」と言って、お道具を片付け終わって、使ったお湯の量と全く同量を、水差しから釜へと、柄杓で戻す頃である。煮えたぎって、静かに音をたてていた釜の中に、柄杓から水がひとすじ、流れ入ると、ピタッとその釜の音が止まり、ひとすじの水が、熱湯に注ぎ込まれる音に変わる。美しい清い水が、高い山のすきまから、滝となって流れるような、さわやかな音に変わる瞬間である。お釜のお湯の量が始めと同量となると、水差しの蓋を元に戻す。その動作が合図で「お道具拝見」と、お客様からの声がかかる。釜の蓋をして、今日使ったお道具をふくさで清めて、お客様にお見せする動作が始まるわけである。

このようにして、私はお茶をたてながら自分の人生の位置を、しっかりと確認できる楽しさを独り、味わうのである。十五分間の、今、今の瞬間に、自分の全生命をかけるという集中力は、人間の集中の可能な範囲なのかもしれない。この十五分間の集中力の持続の鍛錬を何十年と続けてきた訳である。集中力の持続というものは、力を入れすぎても、力を抜きすぎても、続かない。楽し過ぎても、楽しまないでも続かない。丁度いいかげんという絶妙の、バランスを見つけることになる。この十五分を、バランスよく生きることができると、その他の十五分も、少しずつ、バランスをとりやすくなってゆくのである。こうして、禅という、深遠な哲学を、身近に体得できるように仕組んだのが千利休なのであり、日本の茶道なのである。

先ほど、水差しから、使った分だけの水を釜に戻す動作と音の話をした。使って消費した分の水の量を、ぴったり元にお返しするのであるが、丁度、人生も終末を迎えようとする頃にさしかかった自分も、今まで、多くの御縁ある方々にたくさんお世話になりつつ生きてきた。丁度その分、生きている間にお返しをする時期にあることを、茶道は私に教えてくれるのである。どれほどお世話になったことか。考えれば考えるほどに際限なく、感謝でいっぱいになる。お返しし切れないほどの愛を、情熱を、教えを、御縁ある方々に、滝の清流が上から下へと流れてゆくが如くに、注ぎ尽くしてゆきたいと思うのである。美しい所作で、しなやかで、優しい声でとどこおりなく、最後の一滴まで注いでゆきたいとつくづく思うこの頃となった。禅を語るのはとても難しいことであるが、茶の湯を通して、このように具体的に書き表すことができる喜びと幸せに、感謝でいっぱいである。

「今しかない。今の瞬間が、人生の中で、最も大切な時である」という禅の教えを、私は茶道の先生から、これでもか、これでもか、というほど懇切丁寧に教えていただいた。そのことは、第六章でもお伝えしたが、その中でも、今でも忘れられないほど、『今』を教えていただいた出来事がある。それは、私が結婚して、子どもが生まれ、しかも大学院に在学中でもあった頃、昼も夜も休む暇もなく、「時間が無い、時間が無い」と思い、ましてや、茶道などしている暇は全くないと思いつめ、ある日、やっと時間を作り出して、「先生、こういう次第で、今は全く茶道をやる時間はなくなりましたので、茶道は休ませていただきます」と御挨拶に伺った。すると先生は、「そうかい、そうかい、それは毎日、お世話様ですねえ。偉い偉い。あのかぼそかった泉が、よくも、まあ、赤ちゃんまで産んで本当に偉かったねえ。たいしたもんだ。でも赤ちゃんが産まれたからって、お茶をわざわざ休まなくてもいいよ。今度来る時は、赤ちゃんをベビーカーに乗せておいでよ。私はまた、ここで待っているからね」と、道まで送り出してくださった。「来週の今ごろ、いつものように着物を着て、ここまでおいで。泉の着物姿は、本当に美しいから楽しみにしているよ」と、ニコニコと笑っておられた。

私は、「来られません」とも言えず、何となく、後ろ姿を見送られながら、実家に帰った。一週間があっという間に過ぎて、私は、催眠術にでもかかったかのように、着物を着て、ベビーカーに赤ちゃんを乗せて、先生の家に向かっていた。これから、どうなるのか想像がつかなかった。先生の家に近づいて行くと、道の向こうで、先生が嬉しそうに手をふっておられた、早く早くと言うように。ベビーカーの赤ちゃんは、気持ちよさそうに眠っていた。赤ちゃんを起こさないように、先生は何も言わずに、私に代わってベビーカーを押し始めた。そのままずっと歩いて行きながら、後ろの手で、私を茶室の方へ行くように示唆して、足早に去って行ってしまった。

私は、指示されるがままに茶室に向かった。何とそこには、煮えたぎった釜の音と静寂と、一輪の野の花と、お菓子と、お道具が全て用意されてあった。私は独り、そこに静かに座った。久しぶりに我を取り戻した瞬間であった。世界中のどんな宝物よりも、素晴らしい時間と空間であった。今という瞬間が、その時ほど、大切に貴重に思われたことがないほどであった。疲れ切っていたはずの体にも心にも、エネルギーが満ちてくるのがわかった。一服のお茶をたてて、用意されてあったお菓子と共にいただいた時、まるで宇宙を飲み込んでいくような、大宇宙にすっぽり抱かれてしまったような、安心感と感謝でいっぱいになった。「今は、かけがえのない今だからこそ、大切にするんだよ」という先生の声が、響いてきた。

赤ちゃんはすやすやと眠ったまま、私のお茶の先生との初めての散歩を終えて帰ってきた。「休むなんて言わないで、また可愛い赤ちゃんを見せに来てね。いつでもおいでね。待っているからね」と、私が井戸端で初めて先生とお会いした時と、全く変わっていなかった。「私は、ずっと、ここで、あんたの来るのを待っていたんだよ」とおっしゃってくださった、あの瞬間が、再び私の中によみがえってきた。それから、度々私は、「時間が無い！」と思うと、お茶のお稽古に行くようになった。茶室の入り口から出口までの十五分間が、私の出生から終息までの人生の縮図なので、忙しいからと後回しにはできないということをよくよく納得することができた。

そんなある日、また、例によって、先生は道で、手をいっぱいふって待っていてくださった。その時は、なぜか、シャベルを片手にニコニコしておられた。庭の大きな木の根っこの辺りを指さして、先生は、「ここを掘ってちょうだい」と子どものように、ニコニコしておられた。私は、早速着物の裾をまくり上げて、シャベルで穴を掘った。根っこがゴッンゴッンとあたり、とてもかたい。先生は、「こっちからも掘って、次はこっちから」と角度を変えて、注文してくる。とうとう切り株のような、小さな木片を取り出した。「この木が、早く出たい出たいって言うもんだから、掘り起こそうと思ったけど、私の力じゃ無理だったよ。泉は力持ちだねえ」と大満足の様子であった。「さあ、一汗かいたから一服しようね」と、いつもの茶道のお点前が始まった。何事もなかったかのように、静かな、時が流れた。

数か月の後、先生は、私に、小さな仏像を見せてくださった。「きれいなお顔だよねえ」としみじみと、その仏像をながめておられた。「この前、泉が、庭から掘り出してくれた木の中に、こんなに美しい仏像がおられたよ」と、とても嬉しそうにしておられた。私も、また、まじまじと、その美しい仏像を拝ませていただいた。思わず、合掌の姿になっている自分がいた。「先生、これを、どうやって彫られたのですか」と尋ねると、「この子がね、ここ彫って、ここ彫ってと言うからその通り、少しずつ、けずっていただけなの。あの時、出たい、出たいって言っていたのと同じにね」というものようににこやかにしていらっしゃるのであった。先生は、仏様もお友達なんだ。木の根や、月や風と、何の隔たりもなく対話している先生を見ていると、茶道を一筋にやってこられた先生は、いつの間にか、禅や仏教や、自然と一体化しておられるのかと、疑う余地もなく、実感することができるのであった。

私が、先生に、「お茶って何なのですか」と尋ねた時も、御自分では何一つ、お話をせずに、「岡倉天心の『茶の本』に書いてあるよ」と教えてくださった。「難しくて、私には読めないけど、泉は賢いから、きっとよくわかると思うから、後から、教えてね」とおっしゃっただけであった。先生は、「不立文字」の世界に入っておられたのだなあとつくづく思う。私は、先生に示唆されるがままに、本屋さんに行って、岩波文庫の『茶の本』を買って読んだ。高校生の時であった。一気に読んで、感動に打ちのめされた。茶道ってこんなにも素晴らしいものなのだ。茶道の心は、禅の心なのだと、すっかり、禅への探求心でいっぱいになってしまった。あれから半世紀以上の時が流れ、今、あらためて読んでみると、どこで、どのように感動し、禅への道をまっしぐらに走り出したのか。なぜ、人生を変えるほど、あの小さな、薄い文庫本が、青春の私を揺り動かしたのかという単純な疑問が、私の中に生まれてきた。ふと、我に返ってみて、驚嘆してしまった。何と、岡倉天心は、横山大観のお師匠様であった。

横山大観は、私の祖母の従姉の御主人であった。そのため、私の祖母は、岡倉天心とは、直接、交流はなかったが、大観様とは、直接の深い親交があった。師である岡倉天心の考え方は、そのまま大観様を通して祖母に流れ込んでいた。お説教の大好きな祖母は、岡倉天心から、横山大観、そして祖母と流れてきた話を、あたかも自論のように十年以上も長きにわたり、私に語って聞かせていた。充分に私の中に浸透していた話が、文庫本に書かれていたので、一気に読んで、一気に感動してしまったという訳である。私が、岡倉天心の『茶の本』を読んだことも、感動したことも祖母は全く知る由もなかった。また、当の私も、祖母から聞かされていた話と、『茶の本』に書かれていたことの内容の共通点など、一か所たりとも、感じなかった。ただ何の違和感もなく、茶道をもっと深く体得したければ、禅を知ることが大切だと、『茶の本』そのまま自分のことのように実感し、はまってしまったのであった。そのような、御縁深い本を、たった一冊、ぴたりと名指しで、私に示唆してくださったお茶の先生は、いまさらながら、禅、仏教そのもののような気がしてきて鳥肌が立つ思いである。それにひきかえ、私の祖母は岡倉天心にそれほど近くにいながら、茶道や禅に対して、全く、トンチンカンであったのかということが、またまた、世界の七大不思議のように感じられてくるのである。

しかし、長い修行の結果、少しずつ、かなりの成長を遂げた私は、それを、全くのトンチンカンと思えなくなった。なぜならば、私は、茶道の先生と御縁あって出逢うことができて、茶道の深淵にふれることとなった。先生の御指導の元で、茶道というものを知れば知るほどに、自分の祖母の茶道に関する考え方が浅はかに思えるようになっていった。もし、私が、その先生の元で、刻一刻と成長していなかったら、私は、祖母に対して、それほどに深いギャップは感じなかったかもしれないという、大切な一点に気付くことができた。茶道に関してばかりではない。語学に関しても祖母はよく、「これからの日本人は、国際人であるべきだ。それには、語学の力が大切だ。しかし、会話が自由にできるようになるためには、ネイティブイングリッシュでなくてはいけない」と、私を三歳の時から、遠い、外国人の幼稚園に入園させた。私は、父の運転する車に毎朝早くから乗せられて、遠距離通園をさせられた。祖母も、日常会話に盛んに英語を連発していた。舌を歯の間にあらかじめ出しておいてから、引っ込めながら「センキュー」と言う私に対し、祖母は、全くの日本語で「サンキュー」と返してくるのが、嫌でたまらなかった。大人なのに「ありがとう」もまともに発音できないのかと、目上の人を情けなく思う自分がさらに情けなく思えた。禅を真剣に学びたい私を、なぜ、無理矢理英文科に入学させようとするのか。しかも、学費の領収書代わりに、教員免許を取ってこいと条件を出してくる祖母が、茶道の先生と対照的に、嫌でたまらなかった。死にたいほど、嫌であった。そのうえ、今になって、初めてわかったことであるが、語学教育に関しては、岡倉先生から大観先生を通しての受け売りであったのだ。

ここまで書いても、今の私は、祖母に対する感謝の涙が止まらないのである。なぜなら、祖母は、受け売りでもなんでも、自分が、本当に「そうなんだ！」と合点のいったことに関しては、とことん、実行に移した。継続的な努力をおしみなく続けた。

命の限りに。自分は、たとえ、「サンキュー」としか発音できなくとも、私に正しい発音で、国際人になって欲しいと夢を託した。自分は、たとえ、本当のお茶や悟りに到達できなくても、私には、本物の茶道を学んで欲しかった。一本しかない道を、自分は道路の端にたたずんでいても、私にその一本の道を譲ってくれるためだったのかと思うと、涙が止まらないのである。

私が、お茶の先生と御縁していなかったら、比較する対象がなく、祖母のふるまいを粗野には感じなかったかもしれない。冷静になった今、振り返ってみると、祖母は、決して、粗野な人ではなかったのだ。かの、大芸術家の大観先生が、いつも、気にかけてくださったほどの、聡明でしとやかで優しい女性であったことを、今、改めて、振り返ことができた。私が生きている間に、この文章を書き記すことができたことを、深く深く、感謝する次第である。祖母とお茶の先生と自分とを、比べて観ていた私こそが未熟であったのだという気付きこそが、成長の証しであった。各々の個性であり、上でもない下でもない。ただ、各々が懸命に何かを目指して、生きていたということなのだと思う。

茶道をより深く識りたかった私の前に大きくドアが開いて、禅の世界に入っていった私は、その禅の向こうにあるものを識りたくなって、仏教と出逢い、開祖である釈迦牟尼仏（紀元前五世紀頃の人）に興味を持ち始め、同時にインドという国のことも知りたくなっていった。そして、ヨーガという正統バラモンの修行法も、体得してみたくなっていった。

今から五十年も前の日本では、ヨーガ指導者や教室もなかった。本屋さんに行っても日本語版がなく英語版を取り寄せて、辞書を片手に、少しずつ解読するしかなかった。丁度その頃、初めて、インドからヨーガ行者が日本にやってきて、本物のヨーガと接することができた。生徒は少人数であったが、皆、私の親以上の年上の方々ばかりで、私は、一人、子どものような扱いで、その教室の生徒となった。その当時の生徒が、各々一人一人、ヨーガ教室のような道場を開き、初めて、日本に教室ができていったのである。もうお亡くなりになってしまった先生方もほとんどであるが、日本のヨーガ界の大御所となっていった方々であった。インドから一人のヨーガ行者を日本にお連れするということが、当時は大事業で、高額な旅費や、滞在費、場所の確保などが莫大であったために、本当に限られた方々しか、その教室には入門できなかった。

　私のような学生などは、とてもとても入門できるような桁ではなかった。それにもかかわらず祖母は、すべての費用を出してくれて、何の見返りも私には求めなかった。当時、身体のかたかった私が、少しでも柔軟になるのなら、何でもやらせてみたかったようであった。虚弱体質で身体が弱く、運動ができなかった私は、身体が棒のような感じで、やわらかな動きが苦手であった。なんでも完璧なものにあこがれがあった祖母は、少しでも私の弱点をカバーできるものがあったらやらせてみたいという考えと、ヨーガを習いたいという私の希望が、内容が全く異なっていたが一致した訳であった。実際に、ヨーガのポーズをしてみると、身体だけでなく、心も、次第に楽になって、静かな、安楽な心を感じることが多くなっていった。それは、丁度、茶道のお稽古と通じるものがたくさんあった。

　坐禅は、その中の一ポーズをずっと四十五分間ずつ坐り続けるということもわかった。ヨーガは、数え切れないほどのポーズがあり、各々、身体の色々な箇所が、今、どうなっているのかという感覚が、少しずつ目覚めてゆく行程が楽しく感じられた。坐禅にも茶道にもない別世界がそこにはあった。祖母の期待通り、私は確かに身体も少しずつ、柔らかく柔軟になっていった。

お茶に始まり、禅へ、そして仏教へヨーガへと、私の旅路は続いてゆくのであった。ヨーガによって、柔軟性ができた私は、茶道をする時にも柔らかさが増し、動作がスムーズに一連の曲線が描けるようになっていった。指先や手首や肩の動きが、身体のどの部分からどのように繋がってきているのかが自覚できるようになることは、とても大切なことであった。全身全霊をもって茶道ができるようになっていく成長は、嬉しいことであった。

第八章　禅から児童学へ

茶道から禅へ、禅からヨーガへ、一方禅から心理学へと、私の好奇心は、留まることを知らず、ぐんぐんと多面化し、深くなっていった。

それまでは、禅や仏教と、専ら、東洋思想の方向に進んでいったことばかりを書いてきたが、実は、四年間の大学生活を終了する頃になると、色々と疑問が生じ始めた。心の問題を、異なる側面から勉強したいと思い始めていた。特に、私は、自分の幼児体験から、恐怖や不信感が芽生え、心の安らぎを求めて、茶道に入門して行った経緯があり、初心に戻り、児童心理学の勉強をしてみたくなっていった。

丁度その頃、私の知りたい問題にピッタリの学部があることを知って、大学を卒業と同時に、他の大学の児童科に学士入学をすることになった。二年間、たくさんの授業を受けることができた。その児童科という学部は、過去には全くなかった新しい学部であった。児童のことを識るには、従来の教育学や、心理学や医学だけでは、到底解き明かすことができないので、多方面のスペシャリストを集めて、教鞭を執っていただくことになったのである。

なかでも、一番凄い授業をしてくださったのは、棟方志功(むなかたしこう)画伯であった。芸術家の大御所というばかりでなく、版画を通して、何冊かの芸術論の本も書かれていたのでぜひ、大学の授業として講義していただこうと、選ばれたのかと思う。棟方志功画伯の授業は、生涯、忘れることができないほどの素晴らしいものであった。先生の一挙手一投足の動きは、未だに私の心に鮮明に残っている。大きな黒板に小さな身体であっという間に、書くスペースゼロとなるほど、早く、絵や文字を書き尽くす。書き尽くした瞬間に、黒板消しを持つや、目にも留まらぬ速さで、消し去ってしまう。次の瞬間、また、書き始める。とにかく、時間との勝負に、全生命をかけておられるようなお姿であった。かと思うと、「ここで、一服」と教壇の端で、ゆっくりと腰を下ろされる。教壇の端では、着物を着た、美しい女性が静かに、お茶をたてられる。先生の大好きなおまんじゅうが用意されていた。後にも先にも、このような設定で大学の授業が進められたのは、その講義だけであったと思う。

人間国宝のような先生を目の前に、生徒たちも熱中した。それは、日本でも世界でも有名な芸術家というから熱中したのではなく、本当に、先生自体のオーラというのかエネルギーというか指向性の高さや、深さ、高貴さ、いくら言葉を並べても届かない、生きる尊さ、瞬間を惜しむ姿、瞬間を大切にする姿、スピーディかと思うと、休憩に入るや、まるで別人のように変身して、その豊かさ、大らかさ。おまんじゅうを、口にした時の満面の笑み。正直さ、お茶をおいしそうにいただく、こちらも思わず、ゴックンと喉を鳴らすほどであった。目のまん前で、動く芸術作品を観るような感動があった。

ところで、凄かったのは志功先生の授業だけではなかった。田口教授の授業もまた、別の意味で凄かった。田口恒夫（たぐちつねお）先生は、東大医学部卒のバリバリの外科医であった。先生の技術は世界中に知る人ぞ知る名医で、どれほど多くの外科手術を成功させてきたか、数え切れないほどであった。左右の足の長さの違う子どもの足を、見事に整形し、まっすぐに歩けるようにしたり、どんな交通事故の後遺症も、見事に修復したり、毎日毎日手術の連続だったと聞いた。長い間、手術を繰り返す間に、少しの疑問をいだき始め、ある時、メスを置いた。形を直すのではなく、その外形を受け留める心の授業に転向しようと決意したという。その先生の授業は、とてもリアルであった。医学がどれほど進歩を遂げたかということが、専門的なお話の中で、実感して受け留めることができた。しかし、それ以上に大切なことは、どんな外科的手術よりも心のケアの大切さを、心にしみ入るほどに、毎授業、教えていただくことができた。あるがままの自分を受け入れることの大切さ、自然の尊さ、不自由さの意味を深く考えることなどなど、どれほどの医学講座よりも、心理学講義よりもわかりやすかったのであった。

心理学の神様と言われていた、松村康平（まつむらこうへい）先生の授業も忘れられない。毎授業心理劇の実践編があった。他の多くの授業は、生徒はただ席に座っているだけであったが、この先生の授業はそうはいかない。何が起きるかわからないため、ドキドキしていた。というのは、先生の授業の目的は、常識を破ることのように感じられた。例えばある日のこと、教室に入ってみると、黒板に大きく「無」と書かれている。「あっ、今日はこの授業はないのか」と一瞬思う。けれども、そんなはずはない。とにかく、教授の入ってこられるのを皆、待つ。一時間半の授業の一時間二十分が経過する。「先生は、今日はお休みなのか！」と、皆、そろそろ、帰り仕度を始める。その時、先生が、あわてる様子もなく、「やあ、遅れたね！」という風でもなく、定刻の授業が始まるのと全く変わりなく、先生のお話が始まる。「この黒板に書かれた、今日のテーマの『無』についての考察は、皆さん、そろそろまとまりましたか」と言われる。その瞬間、初めて、黒板の「無」が一人一人の胸の奥まで刺さるような痛さで響いてくる訳である。

そう言われてみると、意味もなく「無」と書かれているはずはない。よく考えてみると、教授は、私達が席につく前にすでに入室し、黒板に字を書かれていた訳である。その後から入室した私は一時間二十分もの長い間、なぜ、「無」についての考察を進めて、ノートにメモなり、自論なりをまとめておかなかったのだろうと、反省ひとしきりである。なぜ、そんな当たり前のことを、思いつかなかったのだろう。まるで指示待ち人間のように、ただ、ひたすらおしゃべりなどをしながら、「先生は、いつ現れるのか」「今日は、休講なのだろうか？」「帰ってもよいのだろうか？」などなど、それまで考えていたことは、総て、トンチンカンであった。先生は定刻に教室に入ってくるのが常識という、自分の常識が見事に破られるのである。黒板に大きく、「無」と書かれてある論題について、なぜ、考察しなかったのだろうか。これが、「今日の授業の課題です」と、まるで幼稚園の園児のように、先生が説明するのを待っていた自分の幼児性。長い間、多くの授業を受け続けてきて、そのために失った、たいへんな、問題意識の大欠損。自立性、自発性のなさ、教授への信頼感の薄さなどなど。たった一回のこのような授業で、得ることができる自覚、自己反省の大きさは、計り知れないものがあった。

松村先生の授業の偉大さを、書き出したら止まらないのであるが、なかでも、私が、実際に育児をする上で最も役立ったある日の心理劇を、ここに書き留めておきたいと思う。三十人ぐらいのクラスであったが、その日は、先生は入ってこられるなり「今は、適当に二班くらいに分かれて、各々、輪になって床に、座ってください」とおっしゃった。皆、何となく、目くばせで、十五人ずつに分かれ、輪になって座りこんだ。「では、これから、その十五人の中の誰か一人が輪の真ん中に立ってください。座っている十四人は、今から一分間、立っている人を褒め続けてください。言葉が切れたら、絶対にいけません。では、始め！」と、先生はストップウォッチを押された。たった、一分、言葉が切れては、だめ。考えるのと実際やるのとでは、大違いである。初めのうちは、何をどのように褒めたらよいのか、とまどったが、とにかく、沈黙は、一秒たりとも許されないのである。「あなたの立ち姿は、とても、すてきですね」「あなたの髪型はとても似合ってますね」「靴の色が、服とピッタリですね」「いつもニコニコしていて優しそうですね」、十四人の人は、立っている一人の人に立て続けに話しかける。「ストップ」の先生の合図で、立っている人が入れ替わる。初めは、少しぎこちないが、二人三人目からは皆、楽しくてたまらなくなるほど、興に乗ってくる。この一回の心理劇で、クラスの雰囲気は一変した。授業が始まった時と帰る時の心持ちは、信じがたいほど、嬉しく、楽しいものとなっていた。皆から、褒めたたえられると、本当に、自信がつく。スキップして帰りたいほどうれしくなる。また、人を褒めるということが、こんなにも楽しいことなのかと驚くほどである。一分間が、これほど、有効に働くことにも驚く。そして、立っている一人の人は、皆から褒められっぱなしの状態であることが、その喜びを倍増する効果がある。日常会話の中では、誰かに褒められると、多くの人は、照れかくしも半ばあってか、「いいえ、それほどでも」とか「この靴、バーゲンで安かったから」とか、何かと反論して、褒められた喜びを自分自身で半減していることが多い。けれども、この劇では、褒められる人は、一方的に受け身だけであるために、一分後には、実に気持ちよくなるのである。それが、心理劇の一部であったことも忘れるくらい、自己受容ができるのは、また、不思議な現象である。このたった一回の授業で、私は、褒めることの重要性を、骨身にしみて認識した。

このように私は、児童科での一授業、一授業で成長することができたのであった。そんなに素晴らしい体験ができた根本原因をここで、さらに書き足しておきたいと思う。

四年間英語と禅の勉強をしてから、どのようにして児童科へと入学していったのかということは、先ほど東洋思想から始まり、次第に西洋思想も学んでみたくなったと記したが、確かにそのような内的欲求も高まっていったのも事実ではあるが、一番の具体的理由をここで改めて書いてみたいと思う。何と、全く意外なキッカケがあった。

　大学受験の際に私が「禅学科に入学したい」と言いだした時に、祖母に絶対反対されて、何とか同じ大学の文学部英米文学科なら許可してもよいという話になった。さらに、条件として、学費の領収書代わりに英語教師免許を取得するという約束をさせられた。その時点で私は、祖母の品格を疑ったのであった。本当に信じられない感覚だと、つくづく祖母の考え方を受け入れることができなかった。その当時は、何とかその反発心を棚の上に持ちあげ、入学さえできたら、後は禅学の授業をそっと聴けたら良いという思いで入学した訳である。ところが、祖母との約束であった教職を取るためには教育学とか、教育心理学など、予想外の必須科目を受講しなければならなかった。嫌々仕方なく受講した教科であったが、そこで私にとって忘れ得ない出逢いがあった。心理学の内田安久（うちだやすひさ）教授である。禅学しか知らなかった私は、心を解き明かす方法が他にもあることに開眼したのである。

　内田先生の授業は、とても素晴らしいもので、私は授業の後で度々、先生を呼び止めては、質問をしていた。そのうちに、だんだんと先生と親しくなって、「君は、この大学には合ってないと思う。お茶の水女子大に、素晴らしい学科ができたから、ぜひ、入学してみるとよい。そこの教授群は、本当に素晴らしい先生達だから君に最適だと思う」と、度々、勧めてくださった。棟方志功先生や田口先生や松村先生の偉大さを、細かく教えてくださった。私は、だんだん、祖母との約束を果たしたら、児童学の勉強もしてみたくなっていったのである。

このことをよく考えてみると、祖母の領収書代わりにという話につながってくるのである。何と、祖母が、そのような提案をしなかったら、私は、その偉大な先生方には永遠に御縁がなかった訳である。祖母のトンチンカンなやんちゃ振りのお蔭で、身にあまる御縁をいただくことができたかと思うと、祖母に感謝合掌するしかない今の私なのである。人生とは、全くわからない不可思議なものである。もちろん、祖母が、そのような出逢いを予想して、教員資格を条件にした訳ではないし、私を英語教師にしたかった訳でも、もちろんなかった。国立大学に入学させたかったのに、私立大学に入学したいと言い張る私に対して、祖母は、とにかく、自分の要求を一つでも通さないと気が済まない様子であった。私も、仏教学部に入学したいのに、文学部英米文学科へ入学するというたいへんな譲歩を余儀なくさせられた。このような理不尽な、お互いの譲歩から、夢のような結果が生じるとは、誰も予測ができなかったことである。仏教学部に入学できないのなら、大学進学はやめると断念しないで本当に良かったと、つくづく今になって思う。

少しずつでも、譲歩しながらも、初志貫徹をつらぬいてゆくということの大切さは、身にしみる。反対されないで、「どうぞ、どうぞ」と、希望通りに物事が進んで行かない裏には、とんでもない成長の余白が残されているものなのだと痛感するこの頃である。これが、ハッピーエンドの作り方の醍醐味なのだ。

後からわかったことではあるが、心理学を教えてくださった内田安久先生は、同時にお茶の水女子大の教授でもあったために、当時、日本一ユニークな児童科設立のメンバーであった。この内部事情に詳しい先生と御縁があったことが、奇跡であった訳である。

実際の児童科は、内田先生のお話以上に素晴らしい授業内容であった。二年間がまるで夢のように過ぎた、私の最高の青春時代である。学ぶことと、成長することが同時進行していた時代であった。二年目の後半から、あまりにも理路整然とした進歩発展に私は、少しの疑問を抱くようになっていった。同じ大学で同じメンバーで進んでいくことは、どんなに前途が開けてゆくのか目に見えるようであった。それにひきかえ、それまでの自分は、進んでも進んでもどんどん、わからないことが多くなるばかりで、自分の手に負えなくなる一方であった。茶道も禅もどこが究極なのか、何が目標なのかが、勉強すればするほど見えなくなり、無とか、空の世界に入ってゆくのであった。それに比べ、児童学の世界は、とても科学的で、わかりやすく楽しく感じられた。このまま、もっともっと成長してゆきたいという気持ちと、なぜか、わからないけれども、悩みが多くなってゆく禅の勉強に戻って、新しい角度から、学び直してみたいと考えるようにもなっていった。

再び、混迷の時がやってきた。禅のわからない、とらえどころのない内容に悩んで苦しんでいた時代が妙に懐かしく思えるようになり、ついに決断の時がきた。腰かけで、禅学科の授業を盗聴するのではなく、本腰で、禅の勉強をしようと大学院進学を決意した。高校三年生の時に、仏教学部禅学科に入学したいと希望した時から、何と、六年間もの遠い遠い回り道をしてたどり着いた、入学の日であった。文学部英米文学科に在席しながら、他の学部である仏教学部の教室の片隅で禅学の授業を盗み聴きしたり、部活で坐禅をしたり、夜間授業に入り込んだりしながら過ごした、文学部の四年間は本当につらい長い期間であった。今から思えば、その盗講のお蔭で、門外漢の私が、大学院の仏教学部に合格できたとも言える訳だが、当時は、その受験をするために講義を受けていた訳ではなかった。しかも、祖母の要求のせいで受けた教育心理学の授業から、思いがけず児童科に進み、夢のような二年間であった。けれども、その光の世界から、再び闇の世界へと一歩、歩みを進めたのであった。闇の世界とは、とんでもない表現ではあったが、入学の日は、本当に嬉しかった。これでやっと、茶道から禅へ一歩進めるのだと、実感したのであった。

ところで、このように書いてしまうと、英米文学科に在学していた大学の四年間は、茶道以外には全く無意味であったように、なってしまう。けれども今、冷静になって過去を振り返ってみると、決してそうではなかったと、安堵することもある。その内容を少し綴ってみたいと思う。なぜならば、ただの遠回りと結論づけてしまうと、それはあまりにも過去の自分に対して申し訳ないばかりになってしまうからである。

　学校以外では、茶道はたゆまず続け、学校でも禅の授業や坐禅部や正法眼蔵の講義の合宿などにも欠かさず出席していた。本科であった英米文学の講義も勤勉に出席していた。そこではシェイクスピアの授業で英語の古典に触れ、感動した。中島関爾教授のシェイクスピアは、毎授業、心揺さぶられた。一方で、高校生の時から興味のあったイギリスのコリン・ウィルソンの「アウトサイダー」という一冊の本に強く心惹かれていた。大学四年間のまとめとして、この「アウトサイダー」の考察をまとめて、卒論を書きあげた。アウトサイダーとは、大多数の人から外れた人、つまりは一般的ではない人。少し悪い言い方ではあるが、非常識な人の存在意義について、はっきりとしておきたかった。例えば日本人の中では、良寛様とか、岡倉天心とか宿無し興道など、お坊さんではあるがお寺に常住しないとか、お茶の先生であったが、切腹という形で最期を全うした人などの着地点をまとめてみたかった。ただ外れてしまったのではなく、大多数の外側に、着地点を求めた人の存在意義を考え、文章にしてまとめたいと思った。

私も幼い頃より多くの子どもたちが行きたがった遊園地やおもちゃ屋さんには行かず、青春時代も映画や劇場にも行かず、子どもらしくないとか抹香臭い（まっこうくさい）などと言われ続けながらも、知らず知らずの内にアウトサイダーの道をひたすら歩み続けていた。祖母のお陰でやむを得ず入学した英米文学科を卒業するにあたって英文でアウトサイダーについて書いてみたいと思い、お寺出身でありながら英文科主任であられた杉岡（すぎおか）規道（きどう）教授のご指導の元で、卒論を仕上げた。

結論としては、非常識と言われようが、門外漢と言われようが、アウトサイダーこそが生涯をかけ、真理に近づこうとし続ける真実の人であり、その強い探求心こそが、人々を生かすエネルギー、つまり原動力そのものとなっている。そのような理由から、アウトサイダーは人類にとって必要不可欠な存在なのである。これはイギリスの若き作家コリン・ウィルソンが、ダークホースのように文壇にデビューして力説した内容であるが、私も深くこの本に共感し、さらには日本人として一体どんな人がアウトサイダーであったのだろうか、という考察を加え、卒論を完成させ、不本意ながら自分なりの納得をして英米文学科卒業に至り、次への一歩として、児童学科へと進んで行った。

児童科時代の素晴らしさは、ほんの一端ではあるが、すでに書き残すことができた。その二年間の後半に、祖父が怪我で倒れ、入院して、祖母が付き添った隙間に、私の念願であった禅を探求するための大学院への道が開けたのである。それまでと同様に、祖母の過干渉が私へと向けられ続けていたとしたら、私の大学院受験の際にも希望通りには進めなかったと思う。けれども、幸か不幸か、祖母が、祖父の入院にずっと付き添って不在であったので、私はやっと自分の目的を達成できたのである。先ほど、幸か不幸か、という微妙な表現をしたことに関しては、次の九章で少しずつ明らかにしてゆきたいと思う。

第九章　結婚と同時に始まった大学院での生活

小学校高学年から習い始めた茶道は、中学生時代にはお点前だけに留まらず、家の庭の片隅にあった使われなくなった炭小屋を整理し、小さなお茶室を自分なりに造っていた。お道具を家の台所の食器棚から少しずつ持ち運び入れ、電線まで引き込み、電熱器を炭の代わりに炉に組み込んだ。そこで毎日楽しくひそかに茶道の復習に励んでいた。ほぼ三年間の充実した日々は、突然の炭小屋解体の日から一変した。苦しく悲しい日々が始まった。とはいえ、茶道に支えられ、何とか高校受験を突破し、その高校の会長先生や校長先生との思いがけない出会いにより高校三年間は勉強の他に玄米菜食やお琴や剣道にも開眼し、多方面からの示唆のお陰で茶道のお稽古もひたすら精進を続けることができた。茶道の先生に教えていただいた『茶の本』を読んでからは、茶の動きの奥にある、心の着地点を、さらに学びたいと考え、禅の勉強をしてみたいと強く希望した私であった。ところが、思いもよらず、祖母の猛反対にあい英文科にやむなく籍を置き、もぐりの禅の勉強を四年間、卒業の頃に、心理学の教授の勧めで、児童科に学士入学して、二年間。いずれにしても、常に、在籍に違和感がある毎日であった。唯一茶道の先生のもとで、お茶室に座っている間は、違和感なく、自分が自分でいられた至福の、時間と空間であった。何をしていても、祖母の私に対する期待と不満は、私の心の重荷であった。

六年間の回り道の果てにたどり着いた、人文科学研究科、仏教学専攻という大学院の生活がいよいよ始まった。その頃に、同時に合格した男性と結婚し、祖母から独立することになった。この時ばかりは、祖母の反対はなかった。たとえ、仏教学専攻でも、出家して尼さんになってしまうよりは良いかという判断であったようだ。私は、晴れて、実家から独立できることと、もぐりでなく禅の勉強ができること、こそこそとではなく、玄米菜食ができることなど、大きく夢の実現への第一歩を踏み出すことができる喜びで、胸がいっぱいであった。二十四歳の、桜の花が満開の頃であった。だが突然の強風に、一気に散り去る桜の如く、その喜びは、深い苦しみへと一変した。

想像を絶する出来事が、私の身の上に襲ってきたのであった。それは結婚したばかりの夫からの暴力であった。その暴力は、体験したことのない恐ろしいものであった。一八〇㎝の長さの棚板が、私の顔をめがけて、降り下ろされてきたのである。直撃していたら、今の顔はなかったかと思うと、今でも、鳥肌が立つ思いである。

その頃、小さな三畳間に二人で暮らすことになった。あまりにも狭いので、棚を天井近くに取り付け、そこに本や辞書や衣類などが置けるように、長い板を買ってきた。夫は、椅子の上に乗って、直角の棚の支えを取り付けた。そこに、棚板をはめ込むと、ピタリと出来上がりという段取りで、椅子の上に立ったまま、私に、声をかけた。「畳の上に置いてある、棚板取って」と急に言われ、無造作に、その板を持ち上げ、渡そうとした、その次の瞬間、その大きな重い棚板は、すごい勢いで、円を描くように私に向かって振り回された。私があやうく首を引っ込め、災難を、すれすれ危機一髪逃れるや、次の瞬間、その棚板はそのままの勢いで、もう一方の壁を突きささって停止した。そのすごい音と光景に、私は腰が抜けて、動くことができなかった。心臓はドキドキとし、体はワナワナと震えた。夫は、真っ赤な顔で怒って怒鳴りつけてくるばかりであった。私は、なぜ、それほどに怒られているのか、理解できなかった。だんだん落ち着いてきて、やっとわかったことは、私はその棚板を取りやすい所をつかんで、そのまま持ち上げ、夫に渡そうとした訳である。その棚板の両端に小さく直角に切り込みがあり、その切り込みを壁側にはめ込める方向にしてから渡さないといけなかったのに、裏返しのまま渡そうとした。何故かと言うと、急に頼まれた私は慌てて、その長く重い板を持ち上げるのがやっとで、その板を夫に渡すことばかり考えていた。ところが夫はカッと怒ってしまい、暴力に直結してしまった。

夫が、私の差し出した板を受け取らないで、「それ、裏返してから、もう一度、渡して」と示唆してくれたら、めでたく棚は取り付け完了となることなのに、どうしてそんなに怒ってしまうのだろうと、心の中で思っていた。しかしそんなことを、口に出せる雰囲気では、とてもなかった。棚板は壁に突きささったまま、夫は、椅子から降りてくるなり私の耳をつかんで、引っぱり回し、「気配りのないやつは、死んだ方がましだ」と、怒鳴り続ける。私の耳はちぎれそうになって、激痛が頭の中まで響いてくる。三十分以上にわたって、引っぱられ続けた耳は、翌日、耳鼻科に行くと、「耳の軟骨がメチャクチャになってしまっているので、治しようがありません」と言われてしまった。「警察に出頭するのなら診断書を書いてあげるから、できたらこのまま、泣き寝入りはしないように」とアドバイスをされた。私は、警察に訴えるなどということは、思いもつかなかった。散々怒鳴られ、痛めつけられた私は、自分が配慮の足りない、愚か者のように思えてしまった。ただただ私が気配りがなく、夫を怒らせてしまったことを申し訳なく思うばかりとなってしまった。

真っ赤に腫れあがり、二倍くらいの大きさになってしまった耳に、湿布薬が塗られ、包帯でグルグル巻きになった私を、夫は、一生懸命、看病した。口も大きく開けられなくなった私の口の中に、おかゆやプリンをスプーンで、そっと、食べさせてくれたりした。腫れは、何年間も引かなかったが、痛さは徐々に減って、心の恐怖もおさまってきた頃、また次の事件が起きた。

三畳の部屋は二階にあった。台所やトイレは一階の共同の粗末な所であった。その頃、二人共、働いていなかったので、少ない奨学金で暮らしていくのには、贅沢は言えなかった。コンロが一か所しか使えないので、料理にとても時間がかかった。日頃は通学で忙しく、玄米おにぎりのみであったが、たまにはゆっくりお料理をしたいと思って、休日に、三時間ぐらいかけて、やっと春菊のゴマあえや、野菜シチューを作ったりして、品数を揃えて、お盆に総て載せて、二階の三畳間の真ん中に置いてある机代わりのダンボールに載せた。次の瞬間、料理は、ダンボールごと蹴り上げられ、熱々のシチューは天井まで届いて、壁をつたってダラダラと流れ落ち、醤油は、壁や畳を血のように染めた。夫は、真っ赤な顔で怒鳴っていた。「あんたの、おままごとの相手をするために、大学院に入った訳じゃないんだ。時間を返せ。早く返せ。大学院生でいられる陰で、どれほど多くの人が、毎日毎日働いているのかということを、考えたことがあるか！　その人達に申し訳ないと思わないのか？」と、同じようなことを怒鳴り散らし続ける。その間に、シチューや醤油はどんどん、壁や畳に染み込んでゆく。「早く拭き取らねば」と私は、他のことを考えている。詫びても、詫びても、許すということはない。親指と、他の四本の指の間に、私の両頬を挟み込み、右や左へと振り回す。私の口の中は、血だらけとなってゆく。頭はガンガンと痛く張り裂けそうになっていった。段々と気が遠くなって、意識が無くなりそうになった時、突然看病に変身する。

また、大学院で授業を受けていた時、隣に座った男の学生に消しゴムを貸してあげたこと、宅配便が届いた時、その配達人と少し話をしたこと、私の実家で風呂に入った後に、私が昔の癖で洗濯機の中に下着を放り込んできてしまったことなどなど。「たった、それだけのこと！」と驚くほどたわいないことで、殴る、蹴るが突然、始まる。そんな新婚生活の中でも、私にとって禅の本格的な授業は、心の救済であった。

心の救済は、思わぬ時にも起こった。ある時、久々に実家に帰って、お風呂に入っていた時のこと。「新しい石鹸を出しておかなくて、ごめん、ごめん」と突然、祖母が風呂場に入ってきた。私のあざだらけの体を見るなり、さっと顔色が変わり、「その体はどうしたの？」と大きな声を出した。「自転車で転んだの」と咄嗟に嘘をついた。「そんな、はずはない。あいつがやったんだね！　殺してやる」と祖母は台所に向かった。瞬間のことで、本当にどうしてよいか、途方に暮れてしまった。私が、服を着てあわてて居間に戻った時、私の父が、祖母を羽交い締めにしていた。「おばあちゃん、他の兄弟のことを、考えて！」と珍しく、父が叫んでいた。「人殺しが、家から出たら困るでしょ」。さすがに、父の力は強かった。私は、その光景を、立ち尽くして見ていた時、心の底から、祖母の愛、父の愛を感じた。私のために、そこまでしてくれる家族がいたということだけで嬉しかった。

話は、急に飛び、余談となるが、この事件の十八年後に、離婚話がもつれ、裁判となった時に、詳しい内容を聞き取りしてくれた弁護士さんが、「あなたの家族の中でおばあちゃんが一番、まともでしたね」という言葉に私は驚いたのであった。私は、その時、「私の祖母まで、夫と同じようにカッとなり、殺すと包丁まで持ち出して……」と話したのに対し、「いや！　あなたの夫とおばあちゃんは、全然違いますよ！」と目を大きくしたのであった。「そこまで判っていて、あなたを守ろうとしない他の家族の方が無関心過ぎましたね」と言われたのである。

いずれにせよ、救済は色々な形でやってきた。どんな苦しみも痛みも、救済のないものはない、ということがわかってきた。総てはハッピーエンドに向かっているものなのかもしれない。私の茶道の先生も、そんな中でも、時々、お茶室での私の時間を作ってくださった。

郵便はがき

料金受取人払郵便

新宿局承認

7553

差出有効期間
2024年1月
31日まで
（切手不要）

1 6 0-8 7 9 1

141

東京都新宿区新宿1－10－1

(株)文芸社

愛読者カード係 行

ふりがな お名前		明治 大正 昭和 平成 年生 歳
ふりがな ご住所	□□□-□□□□	性別 男・女
お電話 番 号	（書籍ご注文の際に必要です）	ご職業
E-mail		

ご購読雑誌（複数可）	ご購読新聞 新聞

最近読んでおもしろかった本や今後、とりあげてほしいテーマをお教えください。

ご自分の研究成果や経験、お考え等を出版してみたいというお気持ちはありますか。

ある　　ない　　内容・テーマ（　　　　　　　　）

現在完成した作品をお持ちですか。

ある　　ない　　ジャンル・原稿量（　　　　　　　　）

名				
買上 店	都道 府県	市区 郡	書店名	書店
			ご購入日	年　月　日

書をどこでお知りになりましたか?
.書店店頭　2.知人にすすめられて　3.インターネット(サイト名　)
4.DMハガキ　5.広告、記事を見て(新聞、雑誌名　)

の質問に関連して、ご購入の決め手となったのは?
1.タイトル　2.著者　3.内容　4.カバーデザイン　5.帯
その他ご自由にお書きください。

(　)


書についてのご意見、ご感想をお聞かせください。

内容について

カバー、タイトル、帯について

弊社Webサイトからもご意見、ご感想をお寄せいただけます。


協力ありがとうございました。

お寄せいただいたご意見、ご感想は新聞広告等で匿名にて使わせていただくことがあります。

お客様の個人情報は、小社からの連絡のみに使用します。社外に提供することは一切ありません。

■書籍のご注文は、お近くの書店または、ブックサービス(0120-29-9625)、セブンネットショッピング(http://7net.omni7.jp/)にお申し込み下さい。

それでも、私の祖母の我慢も、ある時点で限界を超えてしまった。私が大学院二年の頃、私を毎日心配するあまり、血圧が不安定となり、ついに、脳内出血で倒れてしまったのである。知らせを受けて、飛んで行った時には、昏睡状態であった。冷たくなっていく体を、私は我を忘れ、さすり続けた。七時間後、少し、あたたかさが伝わってきた。その後は、どんどん熱が上昇の一途で、三十九度、四十度と、昏睡のまま、高熱が続いた。医師からは「たぶん、体温調節機能の近くで出血しているので、もはや、時間の問題でしょう」と言われた。私は「このまま、祖母を死なせる訳にはいかない！」と心の底から思った。「助かって！　助かって！」と心の中で叫び続けた。

何日かして、奇跡的に熱が下がり始めた。意識も回復してきた。半身は完全に麻痺していたが、少しずつ、自分の状態も認識できるようになった。私は、つきっきりで介護し続けながら、考え、詫び続けた。あと、どれくらい、祖母は生きられるのだろうか？　その間に、私は、どのくらい、何ができるのだろうか。二十四時間、寝たり、起きたり、祖母の状態に合わせて私は寄り添った。祖母の寝息が安定している時は、自分も、少しでも休もう。祖母が意識のある時は、なるべく疲れない程度に話しかけよう！　あとは、足の指、手の指、くまなく、マッサージと指圧と柔軟体操を手でしてあげる。常におむつは気持ちよい状態に保ち、足首から先を足湯につける。窓から見える場所に、花を咲かせて鑑賞できるようにする。プランターで野菜ができる様子を見せる。思いつく限りのことを実行し続けた。

夫もそばで、よく介護を手伝ってくれた。祖母が私のために建ててくれた、お茶室付きの二階家で寝泊まりした。ふとしたことで、この誰にも見えない二階の部屋でも、夫からの暴力は起こった。形跡が残らないで、声が出せない方法で、いきなり、寝ていた私のお腹の上に馬乗りになって、タオルを小さく丸めたボール状のものを、口の中に押し込んだりしてきた。声を出すことも、息もできない苦しさは、死の恐怖そのものであった。口からタオルを抜き出した後からも、「オエーッオエーッ」と喉の奥が開いてしまったようになっていた。それでも夫は、何事もなかったように、祖母の元に行って、優しく、介護していた。

今、このように、次々と書き出して行く度に、私の恐怖のかけらは、一つ一つ、私の脳の奥から取り除かれてゆく実感がある。思い出さない方が良いと思って、長い間、ずっとずっと奥深くしまい込んでいた、過去のおぞましい記憶であるそれらは、私の死後、焼かれて、灰になって消え去るものではないのかもしれないと、強く思うようになってきた。とにかく、何かを書きたくて、書きたくて、抑えることができないような衝動にかられて書き始めた時点では、自分でも、何を書きたいのかわかっていなかったのである。今になって考えてみると、不思議としか思えない書き出しであった。何と、第一章は「暴力」から始まったのである。その暴力と書いた時も、夫からの暴力を書くことなぞ、全く、想像していなかった。この章を書き出した段階でも、茶道から、一歩、奥に踏み込んだ禅について書くつもりで始まったのであったが、とうとうDVの話に至ってしまった。当時は、DVという言葉さえ知らなかった。長男が中学三年生になって、DVという言葉を探し出してきて、「お母さん、お母さんは知らないと思うけど、お父さんのような人をDVと言うんだよ」と教えてくれた。暴力をしたかと思うと、その後には、別人のようになって蜜のように優しくなるDVという構造を詳しく説明してくれた。おまけに、DVを受けた側の人の共通性も教えてくれて、本当に驚いてしまった。本当は優しい人なんだけど、私が至らないばかりに怒らせてしまうと反省し、許しを乞う。そういう二人の関係は、終わりが無いのに、「もっと私が気がつくようになれば、もっと私が成長すれば……」と、将来に夢を持ち続けることや、逃げ出したら、もっと恐ろしい仕返しがあると思って、延々とその関係性を保つということの虚しさを、私は息子から教えられたのであった。

さて、祖母の看病の話に戻るが、当時、私は大学院の二年生であった。看病をしながら、実家からの通学には無理があった。そこで私は、とても残念には思ったが、看病と学生との両立は無理だと判断した。六年間もの遠回りの果てにやっとたどり着いた大学院であったが、どちらも中途半端にはできないのなら、介護に専念しようと思った。そこで退学届を書いて、教授に渡しに行った。

その時、「なぜ、退学をするのか」とあらためて、正面から訊きなおされた。「私をずっと育ててくれた祖母が脳出血で倒れ、その看病に専念したいので、申し訳ありません。退学させてください」と深々と頭を下げた。頭を上げて、教授の顔を見た時、私は驚いた。教授の目に涙がいっぱい、溢れそうになっていた。「私は、あなたのような生徒を育てたくて、長年、教鞭をとってきました。あなたに、これ以上、教えることはないので、退学する必要はありません。授業に出席しなくても、私は、あなたに『優』の成績を差し上げます。他の教授達にもお伝えしましょう。せっかく入学した学校なので、中退という形ではなく、無事に修了証を受け取ってください。急ぐことはないので、思い通り介護をし終えてから、また、学校に戻ってきてください」というお言葉をいただいたのだ。ここにも、意外な救済が待っていてくれた。

祖母が私に何を一番、望んでいたかをそれからは考え続けた。祖母が生きている間に、してあげられる最大のことをしたいと願うばかりであった。祖母は、私を、一流の国際人としたかった。安定した、お金持ちの家に嫁いで欲しかった。色々、真剣に、祖母の私に対する期待を、思い出そうと努力した結果、ついに結論に辿り着いた。祖母の究極の期待は、私が子どもを産んで、その子どもを、大切に育てること。つまり、私が、立派な「母親」になることだったのだという考えに辿り着いた。

私は、もともと虚弱体質で、か細く、子どものできない体だと医者から言われていた。その後は、度重なる暴力で、疲れ果てていた頃でもあった。けれども、祖母が生きている間に、私の母親になった姿を見せたいというモードに、突然スイッチが入った。祖母というよりも、私自身も、幼い頃から、母親になりたいという夢を強く持っていたことを思い出した。

命令されっぱなしで育った私は、命令を一切しないで、子育てをしてみたい。超グルメで育った私は、素食の玄米食で子育てをしてみたい。欠点ばかり指摘され続けて育てられた私は、逆に、長所ばかりを見付けて、褒め続けて子育てをしてみたい。勉強ではなく、遊び続けて楽しさを味わわせ続けてみたい……などなどと、私の夢は、厳しい看病生活の中で、果てしなく広がっていった。そんな、一途な想いは、コウノトリさんの耳に届いたのだろうか。それまで全く、気配のなかった私の体が、突然、変化し始めてきた。

それからは、毎日毎日、でき得る限りの介護と、大切な妊娠生活が始まったのであった。寝たきりの祖母の横に私も、あお向けに寝て、私のお腹の上に祖母の手を持ってきては、「今、この中の赤ちゃんが、『早く、おばあちゃんに、会いたいよ〜』と言っているから、待っていてね」と言うと、祖母は本当に嬉しそうに、「うん、うん」と頷くのであった。何かと祖母の思ったようには、ぐんぐんと伸びなかった私であったが、最後の最後で、祖母の夢をかなえられるかもしれないと思うだけで、充実した日々を過ごせるようになった。

ついに出産の時がやってきた。赤ちゃんを見ると、祖母の目から、涙がポロポロと流れ、笑顔いっぱいになった。動く方の手を脇から離し、「ここに、ここに」とばかりに空間を作り出した。そこに、新生児はすっぽりとおさまった。長男は、祖母の脇でスヤスヤと寝息を立てていた。

私の長男を自分の脇にかかえた祖母は、その日から目に見えるように、日々元気になっていった。私が母乳を飲ませている姿を、大満足の顔で、いつまでもながめ続けてくれていた。あっという間に一か月が過ぎ、お宮参りの日を迎えた。その頃、夫は、私のために祖母が建ててくれた二階家に住むことを嫌がり始め、実家のすぐ近くに、六畳一間の長屋の一角を借りて、そこに荷物を運び込んだ。丁度、そのタイミングで、私の児童科時代の友人が、遠方より、出産のお祝いにかけつけてくれた。二日ほど、滞在したいということであったので、その六畳一間に皆で、泊まることになった。

祖母の傍から離れ、外泊するのは、久々のことであった。祖母の介護を、私の両親に頼んだ。私の介護をずっと、毎日、一年以上見続けてきた両親であったし、元気になってきた祖母も、「大丈夫」ということで、細かいことを、よくよく両親に教えて、食べ物も総て用意をして、私は、長男を連れ、友人と夫と共に実家を後にした。慣れない長屋で、どこにふとんを敷くのか、どこに赤ちゃんを寝かせるのか、あたふたと、二日間が過ぎた。私は、産後で回復も完全ではなかった上に、たった六畳一間に来客を交えての生活は、とても苦しかった。実家では、二階家も祖母や両親の部屋も広々していたので、夫が借りた六畳一間での外泊は、とても信じられないような発想であった。夫の考えでは、私は孫であるし、私の両親にとっては、祖母は自分達の親なので、「親の介護は、子が看るのが正当」であって、いつまでも邪魔はしない方が良いということを言い出し始めていた。暴力が怖くて、あまり反論せずに、「すぐ介護に戻ろう!」と思いつつ、とりあえず六畳間に出かけていった訳である。

たった二日間のことであったが、私の心は、空中分解しそうであった。私の両親が、上手く看病できているかどうか、これほど二日間が長く感じたことは、かつてなかった。友人が、帰り支度をするや否や、送りがてらすぐに実家に向かった。実家に飛び込むように入っていくと、珍しく親戚のおじさんが、ガランとした部屋の真ん中に座り込んでいた。今のように携帯もないし、六畳には電話ももちろん無かったので、私はただ茫然自失の状態となってしまっていた。「おばあちゃんはどこ？」と、やっと声が出た。「儂（わし）もよくわからん。見舞いに来たら、救急車で運ばれた直後だったんだ」。すぐに車で、救急病院に走った。病室のベッドの中に、祖母を見つけだした。酸素テントの中で、両手は点滴の管とつながっていた。目は閉じられ変わり果てた姿であった。

私は、すぐに、一か月目の長男を寝かせる場所を探した。看護婦控室というドアを見つけ、そっと開けてみると誰もいなくて、シーンとした畳の部屋だった。そこの隅におくるみのまま、そっと長男を寝かせるや、すぐに祖母のもとに戻った。布団の中に手を入れ、足をさすり始めた。冷たくなってしまっている足を、さすり続けた。「おばあちゃん、ごめんね。ごめんね」と心がはりさけそうになりながら、助かりますようにと祈った。

両親にどうしたのかを、そっと訊いてみた。母は何も答えようとしない。父が、少しずつ、教えてくれた。「泉が行った後、用意してくれたものは栄養がないからと、『栄養をつけなくちゃ』と言って、父さんが止めても止めても、鮭やらトンカツやらを、口の中に次々と押し込んだみたいだ。飲み込めなくて、口の中にどんどん溜まってって、ついに、息が出来なくなって、救急車を呼んだんだ。病院で、口の中を見たら、いっぱいに詰まっていて、次から次へと、かき出してくれて、今、やっと落ち着いたところなんだ」ということであった。

私の母は、祖母から栄養、栄養と習っていた。私の一年三か月の介護を、「あれじゃ、栄養が足りない。栄養が足りない」と思ってながめていたのかもしれない。肉や魚の蛋白質の多い栄養のある食べ物を、祖母のためにと次々口の中へ運び込んだのかもしれないと、私は、複雑な思いで父の話を聞いていた。「実の娘に介護させろ」と言った夫の言葉も、よみがえって響いてきた。複雑ではあったが、やはり、私は、じっとしてはいられなかった。ベッドのそばで、できる限りのことを試みた。病院は、完全看護なので、付き添いは無用と言われた。面会時間が過ぎたら、帰らなければならなかった。母は一刻も早く帰りたい様子であった。私も腰がもう限界であったので、皆と一緒に帰ることとなった。皆と一緒に車に乗り込んだ私は、何か、来た時よりも荷物が少ないような感じがした。「なんだろう？」と考えた瞬間、私は、看護婦控室に長男を寝かせていたことに、突然、気付いた。ドキドキしながら、控室をそっと開けた。元のとおりに、スヤスヤと寝ていた。私は、自分が全く、信じられなくなってしまった。「祖母の介護は、ここまでにしなくてはいけない！」と確信した。いずれにしても、私以外の家族は、皆、病院信者達である。自宅介護を言い張っていたのは私だけであった。すでに病院に入院させられてしまった祖母の看病は、もはや、無理なのかもしれないと思った。

悲しい決意ではあったが、もはや、これ以上は、祖母も望まないことかもしれないと思えた。私は、再び病室に戻り、祖母の手をにぎった。酸素テントの中に首を突っ込んで、祖母の耳元で、「おばあちゃん、今日からは、アックンの育児に専念するからね。もう、おばあちゃんのお見舞いには、来られないかもしれないの。ごめんね。早く、戻ってきてね」とささやいた。何と、昏睡状態の祖母の口元が、かすかに動き笑ってくれた。そして、手を二度、三度とにぎり返してくれたのであった。伝わったんだ。賛成してくれるんだ。「おばあちゃん、ありがとうね。私をずっと育ててくれて、ありがとうね」と耳打ちして、長男を抱きかかえて、車に戻った。その次の日に、祖母は息をひきとった。静かな、安らかな、美しい寝顔のまま、私の元に戻ってきたのであった。

実家で、お葬式をすることになったので、たちまち、あわただしくなった。私は、生後一か月の長男を連れて、近くの六畳一間の自宅に戻った。その小さな、慣れない部屋で、長男と二人、ひたすら祖母の御冥福を祈るばかりであった。

いよいよ出棺という時だけ、祖母を見送ることにした。深い悲しみで母乳が止まってしまうのが、とてもこわかったので、悲しみは一年先に延ばそうと、自分に言い聞かせて「これで、よかったんだ!」と、とりあえず大満足をして、長男には、いつも笑顔で接するうちに、本当に、「私は、ついに母親になったんだ!」という実感が、こみあげてきた。祖母のお蔭で、私は母親としての喜びを、誰よりもかみしめることができた。長男に、「生まれてきてくれて、本当にありがとう」と、母乳をあげる度に感謝する毎日が始まった。

　授乳期間も無事終了し、長男が、外遊びができるようになった頃、私は教授との約束を思い出した。子育てをしながら論文が書けるのだろうかと、考えた。明るい間に、外遊びを思いっきりさせると、夜はぐっすりと寝る。明け方は、絶対に目を覚ますことがないことを発見した。朝の三時から六時までの間だけ、毎日、修士論文のために時間を使おう。少しずつでも、書き進んでいったら、いつかは仕上がるだろうと長期戦の作戦を考えた。その間は、夫もよく寝ている。この発見は、自分ながら感心するほどに、図星であった。論文は、早朝の静けさの中で、少しずつ、一行二行と、進展していった。

「道元禅師の『典座教訓（てんぞきょうくん）』の現代的意義」という、論題であった。八百年前の修行道場での食事係の役割や意義を、現代の各家庭の中での主婦の仕事に置きかえ、細かい注意点を、小さな小さな台所の片隅で書き続けた。書き上げた論文を読んでくださった前出の教授は、今度は涙をポロポロと流して喜んでくださって、褒め称えてくださった。何と、入学以来、六年後の暮れであった。書き上げるには書き上げたが、提出する前には「こんな論文で、果たして、合格できるのかどうか。待っていてくださった教授に本当に申し訳なく、恥ずかしくて、いっそのこと『やはり書けませんでした』とお詫びに行こうか」などと考えぬいた。本当に身の縮む思いで提出した論文であったが、身にあまるお褒めの言葉を、各教授先生方からもいただいたのであった。余談であるが、その年、夫は、論文を書かず、来年にすると言った。

次の一年間、少しでも、夫の役に立ちたいと、論文に専念できる部屋を近くに借りた。論文を提出後、少し心の余裕ができた私は、祖母に無理矢理取らされた、英語教師の免許を生かし、近所の子ども達を集め塾を開いた。わずかな収入ではあったが、夫の部屋代を払うことができたらと、英語を教え始めた。一方、夫は、その自分の部屋に、友達を連れ込んで遊び始めた。いつまで経っても、全く、論文を書く気配がないので、締め切りが近付いてきた頃に、恐る恐る「今年が、最後の年になると思うけど、大丈夫?」と声をかけてみた。その答えに、私は仰天してしまった。「ふん、あんたでも通るような論文なんて、なんの価値もないじゃん。そんなことに、大切な時間を使えるかよ」と、私を軽蔑した顔で、ワッハッハと笑った。「殴る蹴るされるよりは、よほどましだ」と思えるほど、私は、知らない間に少しずつ成長していたのであった。論文の締切日までついに一行も書くことはなかったので、論文用の部屋は解約した。以上で、二人の大学院での生活の話は終わる。

茶道をより深く理解したくて、大学院に進学したのであったが、プライベートなごたごた続きであっという間に六年間が、過ぎ去ってしまった。おまけに、夫に、全く無価値なように笑われて終止符を打たれた大学院生活。思い出すのも何となく避けたいような日々、深く考えることもないままに、大学院修了以来四十五年が過ぎた今、奇跡のように、表面化してきた過ぎ去りし日々のこと。一体、何だったのだろう。ここで、ふと、私の茶道の先生のことが私の心の中に浮かんできた。

私が中学生の頃に、お茶の先生に、「ここを掘ってちょうだい」と言われ、掘り出した木の根っこ。先生はその後、「ここ彫って、ここ彫って」と木の根っこに言われ、言いなりに彫り続けた結果、ついに仏像が彫り上がった。先生に、その行程を伺った時、「中にいた、この仏様が、私を使って、おでましになったんだよ」と笑っておられた。このことを、私は今、自分のことのように感嘆している。私の古い古い想い出が、今、「これ書いて、これ書いて」と、私を突き動かしてくれた。この表面化した過ぎし日々の想い出は、今、時を得て、ついに、その姿を具現化したのだと思えてならない。

今、この本を手に取られた方の何人かは、「ここにも、私と同じような体験をした人がいたんだ」。この中に自分を見付け出し、一日も早くDVという虚しい悪循環に、勇気をもってピリオドを打つ人。DVからあわてて抜け出さなくても、やがて救済の時が来ると判る人。いずれにしても、命だけは、守り抜いてくださいと、私はお願いし、お祈りしたいと思う。この仏様は、私に何を教えてくれたのか。私は、「お茶の心」を、禅という勉学で、より深くしたかったのに、ごたごたで勉強をしそこねたと四十五年間、思っていた。ところが、この本を書いたことによって、しそこねたどころではなく、濃密に、「お茶のお心」を、命がけで学ばせていただくことができたのだと思えるようになった。

私は、ささいなことで、夫から度々、暴力を受け続けた、と思っていたが、そのささいなことこそが大切なのだということが「お茶の教え」なのであった。初めて、棚板を振り回され、殺されかかった時のことを、もう一度、思い起こしてみた。三畳という狭い部屋で、一八〇㎝もの長くて重い板を椅子の上で裏返すことは不可能だった。私はその時、板を無造作に持ち上げる前に、その板の片隅の小さな切り込みが、どこにあてはまるかをよく考え、注意深く、出来上がりの状態を想像して、夫に手渡せば良かったのだ。「茶の心」そのものだったのである。あえて所期の目的と照らし合わせると、「茶の心」を、深く学んだとも言える。禅の学問をするよりも、より切実に命がけで学ぶことができたとも思えるのである。

その後の数々の出来事も、総て、血を吐きながら学んだような「茶の心」だったわけである。所期の目的を達成できなかったどころではなく、充分過ぎるほど、学ぶことができた。ずっと後の話であるが、夫の暴力と祖母の暴力とは全く異なることと、弁護士さんが教えてくれたことも、とてもありがたい御言葉であった。「一番、人間らしい人です」という言葉は、未だに耳から離れない。泥だらけの木の根っこから美しい仏像が出現したのと同様、今、過去の悍(おぞ)ましい想い出を、次々と私の心の中から削り出し、文章化することによって、中でじっと潜んで出番を待っていた、本当の生まれたままの素直でただただ明るかった、恐怖を知らない私が、今出現してきたのである。お茶の先生が彫り出した美しい仏像のように、本当の色、本当の木目が繊細に規則正しく、その姿を現して、観る人の心を安らかにしてくれるような、そんな人に私もなりたい。

想像していたような夢のような大学院生活では決してなかったが、半世紀の時を経て、今ここに再びあの六年間の凝縮してしまっていた想い出を一つ一つ丁寧に掘り起こし、いらない部分を削り落とし、本来の姿を浮き彫りにできたことを本当にうれしく思う。総ては、心の中の魂の成長にかかわってくるのだと思う。たくさんの成長をさせてくださった過去に御縁あった皆々様方に、ここに、改めて、心から御礼申し上げます。

第十章　子育て

十歳の頃、茶道と出会った私は、その静けさや美しさや、安堵感に魅せられ、茶の道、一本、奥へ奥へと歩みを進めていった。それは、口やかましく私を教育し続けた祖母に対する一種の反抗にも近かった。ところがその反抗は、茶の道が進むにつれ、尊敬へと変化していった。ついに祖母が脳出血で倒れ、余命が危ぶまれた頃、敬愛する祖母への報恩のためにと、自分が「母となった姿」を見せたいと、一心に神仏にお祈りをした。その純粋な願いは、ついに実現の日を迎えた。長男出産後の夢のような、幸せな一か月の後、祖母は安らかに、永遠の旅立ちをした。最も悲しい、お別れではあったが、我が子を胸に、生まれて初めて、本当の自覚が私の内部から沸々と湧き起こってきた。まるで、ただの人形に、命が宿ったような感じであった。私の人生はその時から始まったと言っても、過言ではない。

祖母を失い、身代わりのように出生した長男を胸に、「この子を守れるのは、世界にたった一人、私なのだ！」と確信した。もちろん、夫や両親はいても、一度眠ってしまったら、赤ちゃんが泣いても起きてくる人はいなかった。私は長男の泣き出す寸前に、パッと目が覚めるようになった。お腹の中にいた時と同じように一心同体なのである。これほどに愛しい存在はかつて体験したことがないと思い、大切に大切に育てていこうと毎日、何度も心に誓った。泣き出す寸前に、赤ちゃんが何をこれから、要求しようとしているのかが、瞬間にわかるのである。おっぱいか、おむつか、雑音か、臭いか、その四択くらいから始まった。

雑音には、足音や、ドアの音や、自動車の音や、飛行機の音などがある。飛行機の音は、なかなか気付かなかった。飛行場のそばに住んでいるわけでもないし、日常生活で大人は、ほとんど気付かない音である。どの選択肢にも当てはまらなくて、悩んだ末、我が家の上空を飛行機が通る時に反応すると気付いた。滅多にないことなので、なかなか判明しなかった。出産して間もない長男が、まさか飛行機の音で泣くなどとは誰も気付かなかった。そういえば、出産以前の私の子宮の中にいた時でさえ、長男はバイクのエンジン音の音が聞き分けられたのであった。夫が、オートバイに乗っていたが、夫と夫以外のオートバイの音を、聞き分けることができたのであった。夫のオートバイの音が五〇〇m圏内に入ってくると、お腹の中で、手足をバタバタさせるのに気付くのも、なかなか難しいことであった。さらに驚いたことには、ドアをたたく、ノックの音が聞こえる以前に、長男が歓迎する人か否かがわかるということも判明してきた。

そんな風に、注意深く、お腹の中や生まれた赤ちゃんの反応に、一つ一つ考慮していくと、会話はできなくても、意思の疎通ができるようになってきた。なぜ泣こうとしているかが、わかるようになり、すみやかに対応すると泣くまでには至らない。つまり、泣く必要がないので、長男とは言葉を話すようになる前から会話ができるので、泣くということが、ほとんどなかった。赤ちゃんは泣くものだとか、泣いて育つとか、泣いて腹筋が鍛えられるとか、声帯が発達するとかいう説を私は未だに信じることはできない。多くの大人が気付かないだけで、生まれてくる赤ちゃんというものは、お腹にいる時からすでに天才なのだと、つくづく思い知らされたのであった。

自分も、そのように天才であったのかもしれないが、いつから、どのようにしてだんだんと普通になってしまったのだろうかと考えさせられた。これから、天才に戻ることは難しいとしても、せっかく生まれてきた、天才の邪魔だけはしたくないと固く心に誓う日々が続いた。その連続上に、次男、三男と三年おきに出産した。虚弱と言われていた私は、出産の度に、丈夫になっていった。そして、泣き声を聞かない育児が、静かに続いた。

各々が一歳を過ぎても、最初のスタンスは変わることはなかった。つまり、ほとんど、子どもの言いなりに育児をした。このように言い切ると、不思議に感じられる方も多いかと思う。「言いなりと言っても、言いなりにしても良い時と、まずい時があるでしょ」と言われそうである。一つ一つ、例をあげて、「子どもの言いなりに育てる」ということを説明してみたいと思う。

まず、長男が生まれて間もなく、我が家に訪問者があった。その方達が、ドアに到着して、ノックをする二〜三分前から、長男が突然泣き出した。顔を真っ赤にして、泣きさけんでいた。それまで、泣いたのを聞いたことがなかったので、何事かと、私は驚いた。トゲでも刺さったか、虫にでも刺されたのか、戸惑うばかりであった。すると、ノックの音がした。さらに泣き声が大きくなった。あり得ないことだが、息子がこの訪問者達を拒絶しているのではないかと、ふと頭をよぎった。まさかと思ったが、玄関に行って、私は、「赤ちゃんが泣いているので、申し訳ありませんが、今日は帰ってください」とお願いした。仕方なく、皆、残念がりながら帰って行った。その途端、赤ちゃんは泣き止んだ。まるで、何事もなかったように、よい機嫌となった。

そのことについて、色々考えてみた。その訪問者達は、私の児童科時代の友人達であった。なぜ、我が家を訪れたのかというと、少し話は長くなるが、児童科時代、私は教授や友人達と本当に濃密に、「子育てについて」話し込んでいた。たくさんの教えを皆から教えていただいた。それと同時に、逆に、私の禅的な考え方も、皆から強烈に興味を持たれて、教育学や、心理学出身の方達では思いつかないような考え方を、たくさん提供していた。生まれてきた子どもに対して、教育をしない、ただ見守る、個々の天分を自然のままに大切に育む、一瞬一瞬に全力投球で「只管打座」の心で育てるなどと言う私の子育て論を、レポートして発表していた。そんな私が妊娠したと伝え聞いた、児童科の何人かが、実際にその理論が実践される現場を、観察研究したいと、グループが編成された。記録を正確に残すために、カメラの人、録音の人、リポーターなど、役割分担が決まり、機材が整えられた。それは、かなり長期にわたる大がかりな計画であった。○歳から一歳、二歳とずっと、記録を残してみたいという皆の考えが結集したものであった。その計画のために、かなりの額の予算も組んでいただくことができた。私としても、自分でカメラやビデオで、細かく記録を撮らなくても良いし、客観的なアルバムを残すことができて、嬉しいことだと考えた。皆が出産の日を楽しみに待っていてくれた。いよいよ出生の報せが届き、皆、万全の用意をして、我が家にやってきたのであった。

ところが、前述のような予期していなかった現象が起こり、私は、とりあえず、皆に引き揚げていただいたのであった。後から、その研究班の方々に、長男の反応について、報告をした。皆、深い理解を示してくれた。それぞれに本当に驚くと共に、個々反省のレポートが送られてきた。生まれてきた、神聖な赤ちゃんに対して、自分達は、教育学的にとか、心理学的にとか、医学的にとか、各々の、大人の興味本位の探究心から記録をとり、分析し、結論を導き出したいと考えていた訳である。それは、不謹慎極まりないものであった。大人の傲慢さを、新生児に教えてもらうことができて、ありがたかったと書かれてあった。私もその訪問者達が到着する前から長男が泣き出した時は、そこまでは考えが及ばなかった。ただ、それまでは、泣かなかった赤ちゃんが泣いたというだけのことではあったが、生後間もない赤ちゃんが、何かを必死に訴えているのかもしれないと感じた。突然、母性本能が作動を始めたような感じであった。とりあえず、勇気を出して、その日は、皆に帰っていただいた。何も確信はなかったので、皆に本当に申し訳ないと思っていた。一年近く皆で相談し、話し合って、用意周到、予定を合わせ、三脚などの重い機材を背負って来てくれた方々を、根拠もなく追い返すことに心が痛んだ。けれども、皆の深い配慮のレポートとその後の長い考察により、赤ちゃんの神聖かつデリケートな心というものが、いかに冒しがたい真実であるかが、理解できるようになっていった。

分析するということは、少しオーバーな言い方ではあるが、人体解剖と似ている。心をバラバラにして部分的に研究していくということを、生きている人間にしようとすると、される側としては、たいへんな負担となることが判明したのであった。その負担を敏感に感じ、長男は、泣くという形で表現したのだと思う。私は、自分自身で、祖母からの期待や不満を長年にわたって、重荷と感じ、反発し、「言いなり子育て」を発案したのにもかかわらず、初めから早くも、同じ過ちを繰り返す計画に乗ってしまっていた訳であった。

さて、次に、「言いなり育児」の次の例にペンを進めてみたいと思う。三歳になって、バイオリンを習いに行った時も、長男は、とても嬉しそうに先生の家に入っていった。二回目の時も喜んで、先生の家に入っていった。しかし、先生がレッスン室に入る前に、ソファで眠ってしまった。レッスンの時間が終わると目をさまして、外に出るなり公園に向かって走り出した。ずっと遊んでから帰ると、家で小さなバイオリンを出して音を出していた。次の週が来ると、また、バイオリンを持ってレッスンに出かけた。二年間もそのような、常識はずれのお稽古が続いた。その間もずっと、本人の「言いなり」に、通い続けた。五歳の七五三のお祝いの会で、独奏を一曲弾いた後は「レッスンに行こう」とは言わなくなった。私も「もうこれ以上通っても、毎回コーヒーをご馳走になり、楽器のお話を伺っていても、申し訳ない」と思うようになった。
三歳から始めた長男の変わったバイオリンレッスンの二年の間、私は長男に、「どうして寝てるの?」とか、「やめようか?」などとは訊いたことはなかった。中学三年生になって、初めて本人から、レッスンに行ってはソファで寝ていた理由を聞かされたのであった。そして、「チェロを始めたい」と言い出した。その時も、私は、すぐにチェロの先生を探し始めた。早速にレッスンが始まった。チェロの技術は、どんどん進み、難関の芸術高校に合格し、わずか一年と少しで、芸術高校のチェロ科をやめて、「イタリアに留学したい」と言い出した。皆の大反対を押し切って、実行に移した。

さて、言いなりの例を列挙してみたが、言いなりになりたくないということが生じた場合の例外について、ここで少し、ペンを進めてみたいと思う。例えば、私の子育て方針の一つに、マクロビオティック料理で子育てをしたいというものがあった。長男が、小学生となって、友達のお誕生日会に招待されることになった時、私は困った。ケーキは、卵、牛乳、砂糖、果物を材料としている。生まれてから、それらのものは食べさせたことがない。マクロの先生にも厳しく注意されていた。「子どもが一度でも、甘いものの味を知ったら、もう二度と、マクロに戻れませんよ」という先生のお言葉は、いつでも私の耳に響いていた。どうしよう？　誕生会に行ってほしくない。でも、友達との交流は大事だと思う。何日も考えた末に、良案を思いついた。私は何日もかけて、マクロづくしのお料理とケーキを作った。五段重にいっぱい詰めて、当日、その家を訪問して、「これ、手作りのお誕生日プレゼントなのですが、よかったら、机の片隅に添えてください」と頼んだ。ビクビクして渡したが、意外にも、「今日のお誕生会、手作り一つもないので大歓迎。ありがとう」と、凄く喜んで受け取っていただくことができた。

どうなることかと、ドキドキして、長男の帰りを待った。意外にも、大喜びで帰ってきて、「お母さんのプレゼント、皆、喜んでいたよ。僕もいっぱい食べたよ。他のものは食べなかったヨ」と報告してくれたのであった。「行かないで」とか「ケーキは食べないで」とか言わなくても子どもは、確かな成長を遂げていってくれるものである。

　ある時、久々に電車で外出した。子どもは、つり革を遊具と勘違いしてしまった。あれにぶら下がりたいと言い出した。こればかりは、言いなりでは、他の人に迷惑がかかることである。他人に迷惑をかけてよい自由は決してないと思ったが、何と、夫が息子を抱き上げて、両手をつり革につかまらせて、まるでブランコのように背中を押してあげていた。たまたま乗客はいなかったが、その喜びようはたいへんなものであった。私は、その時はひたすら、早く降りる駅に到着をすることのみを祈った。何事もなくその時は、それだけで済んだが、私は二度とそのような欲求が起きることのないように注意した。外出は、私の運転での移動が、ほとんどとなった。

　これに似た例が、まだある。デパートに連れていった時のことであった。デパートにつるしてあるコートなどの陰にかくれて、かくれんぼが始まってしまった。次々とかくれるのに丁度よい場所を探して、かくれんぼはエスカレートする一方であった。この一件で私は、子どもをデパートに連れていくことは二度となかった。デパートに一度も連れて行かなくても、子どもは、立派に育つことを私は学んだ。デパートに行きたいのは、私なのだという気付きは、大きい。デパートと一口に言っても、スーパーとか、コンビニとか、大人だけで行った方が良い場所はたくさんある。大人が、買い物で夢中になっている間、子どもは、色々な遊びを思い付くが、エレベーターやエスカレーターや、ガラスのウィンドウやら、子どもにとっては危険が多すぎる場所である。「ダメ、あぶない」を連呼するような場所は、子連れはタブーであることを深く知った。

次に、子どもの言いなりとは言っても、時間差のあるものもあった。例えば、次男は、三歳以前からピアノが大好きになった。遅れていた言葉が急に話せるようになった時のこと、ピアノの一音を出しては、「この、お話、何のお話?」と訊いてくることがあった。言葉が話せるようになったのは遅かったが、話し出した時は、すでに大人のような言葉で、細かい部分まで正確であった。「この音、何の音?」とは訊いていない。「このお話、何のお話?」と訊いている次男に対して、私は、すぐには答えられなかった。「このお話は、何のお話でしょうねえ?」と答えてはみたが、やはり、どんなお話かが浮かんでこない。仕方なく、「ちょっと、今は、わからないから、あした、教えてあげるね」と言うと、とても嬉しそうに「うん」とうなずく。

次男が夜、寝静まってから、私はピアノに向かった。次男の出した一音を、何度も何度も弾いてみた。私は、生まれて初めて、一音一音が、全く、異なる響きを持っていることに気付いたのであった。試しに、その一音の両隣の音も鳴らしてみた。白鍵ばかりでなく黒鍵も鳴らしてみたりもした。楽しい音、明るい音、悲しげな音、何か次を予感させる音。注意をすればするほどに音には、お話があることに気付いた。子どもの頃からバイオリンを習って、色々な曲を弾いてきた私ではあったが、自分がどれほど音に対して、鈍感に成長してきたかをつくづくと知らされた出来事であった。

一音から、その音に合ったお話を創り出すということは、たいへんな作業であった。時間的な余裕もそれほどはない。短編童話を夜に創作する日々が始まった。これも、一日遅れではあったが、言いなり育児の一端であった。私のつたない創作ではあったが、次男はとても喜んでくれた。

その次男も、今では、もう四児の父親となった。「子どもの言いなり育児」で、とうとう私は三人の息子を育て上げた訳である。母親の私が言いなりであっただけで、父親はその方針どおりではなかったので、完璧な「言いなり育児」とは言い切れないが、半言いなり育児は大成功であったと、今、つくづく思うのである。少なくとも、本来、持って生まれてきた才能は、邪魔されることは少なく、存分に伸び伸びと育ってくれたと思う。そして、私の息子達に対する尊敬の念は、出生の時も今も変わらず、深くなる一方であると共に、私を成長させてくれた息子達への感謝の念は、増大する一方である。

この第十章「子育て」の章では、書きたいことが多すぎて、一章分では語り尽くすことは到底できそうにない。チャンスがあれば、後日、一冊の本として仕上げたいと思う。

三人の息子達を育てるにあたって、命令はしない、制止はしない、褒めるだけで、たとえ、やってほしくないことがあったとしても、ダイレクトに指摘はしない、あやまらせるということはしない、なるべく丁寧な言葉で接する、食事時間は一定にする。皆で早起きする。食事作法は、正座で、よくかんで、器を大切に扱う。夜はなるべく早くに寝かせる、ということは、昼の間に、思いっ切り遊び、疲れるように、広い場所に連れていく。一日三食で、その中の一回は、時間をかけて美しく、おいしい料理を心がける。そして、一年間の行事として、お正月、クリスマス、お誕生日は、盛大に家庭内で手作りのパーティーをするなどに注意して育てた。

これらは日々の努力精進にかかっていたが、もう一つ大きな大行事があった。それは、三人の息子達が成人式を迎えるにあたってのプレゼントとして時間をかけて作り上げたものがあった。それは、自費出版ではあったが、各々の名前を題名とした本を執筆し、家族コンサートを開催することだった。後者は受験などとかち合い、二十歳の誕生日とは多少のずれは生じたが、この二つのことをセットとして、各息子に贈った。

その御礼にと、私が還暦を迎えた時に、私について書いた原稿が三人から贈られ、一冊の本が完成された。また、三人の息子達と私での家族コンサートが、大きなホールで開催された。

これは、私の一生の宝物となった。息子達から贈られた原稿の中で初めて、私は、息子達が、どんな想いで、私の子育てを受け取っていたかということを、知ることができた。玄米菜食のことも、貧しさも、音楽教育も総て、とても快く、感謝を込めて受け止めていてくれたことを、知ったのであった。この本がなかったら、私は今でも、子育てに自信を持てなかったこととつくづく思うのである。なかなか面と向かっては言えないことも、本を書くことによって、心の奥から本当に思っていたことが、一行一行伝わってくるので、これ以上の宝物はないと思えるのであった。

三人の息子達への二十歳の誕生お祝いの三冊の本が最後かと思っていた私に、思わぬ六十歳の誕生日プレゼントが贈られ、これで、子育て完了かと、私は、深い安堵感に包まれていた。この大きな一段落は、次のステージへの大きな節目であった。三男、長男、次男と相次いでパートナーが出現し、婚約やら、結婚式やらと、途端に忙しい日々を迎えた。やがて、孫の誕生の知らせが届くようになっていったのである。本当に嬉しい知らせの連続の年となった。現在、男の子六人、女の子五人、合計十一人の孫がいる。

第十章「子育て」の章では、「言いなり子育て」という、今までに聞いたことのない子育て法の一端を書き出してみた。過干渉でも放任でもない。この自分流の子育ては、大成功を遂げたので、もっと詳しく実践法を書き残しておきたいと思っている。

成功であったか不成功であったかという点に関しても、まだ検討の余地があるのかもしれない。しかし現在、私は三人の息子達とも仲良く交流が続き、そこに、また三人も四人もの子どもが育っている。家族全員の平和が続いているという結果から、私は自分なりに、一応成功したのではないかと自負している昨今である。

第十一章　音楽教育

私が、一歳になる少し前くらいから、祖母の手によって育てられたことについては、第一章より、多方面にわたりペンを進めてきた。その祖母の教育方針の中で、特に力を入れて、時間やお金をかけたことについて、ここで少し振り返ってみたいと思う。

祖母の一人娘であった私の母の時代から孫の私に移ってからも、かなりの一貫性があった。まずは第一に語学教育、そして、第二には音楽教育、第三には絵画教育、最終目標には東大合格というものであった。非常に残念ながら、そのどれも、達成できた子孫はいなかった。第一の語学、第二の音楽教育、第三の絵画教育に関しては、どこが祖母期待の到達点なのかがはっきりしないので、残念な結果とは言い切れない。第三の東大合格に関しても、東大とは、単に高学歴の代名詞として使っていた言葉なのかもしれないと今になって思うのであるが、幼い頃から、東大と聞かされて育つと、言われた子ども達は、東大に合格できなかったから自分は、祖母の夢を達成させてあげられなかったという罪悪感のようなもので、胸を痛めたものである。

さて、本章の音楽教育の話になるが、私は三歳くらいの頃より、度々、国立大学付属小学校の音楽教師の家に連れて行かれていた。それは、私の一番上の兄が、その小学校に通っていて、そこの音楽教師の息子と同級生であった。そんな関係で、祖母は何かと、その家に行っては子どもの音楽教育について、相談していた。祖母は、私の母の幼少の頃にも、オルガンや作曲法などを習わせていたが、母は十八歳にして神経衰弱を発病し、何もできなくなってしまった。孫の私の時こそ、うまく教育したいと思っていたと思う。祖母が度々相談していた先生は、オルガンやピアノ教育を先にするより、弦楽器、特に、バイオリンから始めるとよいことを盛んに勧めていた。実際に私はその先生の奥様より、度々、バイオリンの持ち方などを、手ほどきされた。

ところが私は、その家のピアノの上に飾ってあったオルゴールの方に興味を持った。ゼンマイを巻いて手を離すと、美しい音が鳴り響いてくることを教えてもらった。祖母と奥様が話をしている間中、私は何度でもゼンマイを巻いては、その美しい音に、恍惚としていた。それに比べて、習った通りに出す、バイオリンの音の恐ろしいほどにきたない音に、二秒と耐えられなかった。「ギーギー」としか鳴らないのであった。

オルゴールの方がずっと美しいのに、何のために鳥肌の立つような、他の楽器を弾かなければならないのか、三歳の私は全身で、バイオリンを習うことを拒否していた。祖母は、仕方なく英語教育や、絵画教育に力を入れた。けれども、弦楽器教育を諦めてはいなかった。私がオルゴールの音をいつまでも忘れられずに、「ピアノを習いたい」と言い出した時に、バイオリンを習って上手になったら、ピアノを習わせてあげるという条件付きで、ついに小学二年生の時から、再びバイオリンを習い始めた。三歳の頃に手ほどきをしてくださった先生とは異なる先生であったので、今度こそ美しい音を鳴らすことができるのかと淡い夢を抱いた。ところが、私の小さな楽器から出てきた音は、三歳の時の嫌な思い出通りであった。「頑張って続けると、やがて、素晴らしい曲がなんでも弾けるようになるんだよ」という、熱心な祖母の言葉で私は頑張り続けた。

週二回のレッスンと毎日の家での練習は、とうとう二十四歳まで続いた。鳥肌の立つような音は、やがて、何事もなく弾けるようになっていった。今から思うに、上手になったというよりは、バイオリンを弾いている時だけ、脳のどこからか麻酔薬のようなものが分泌され、気にならなくなっただけのことなのかもしれない。とにかく、十七年間も頑張り続けたのにもかかわらず、約束のピアノはついに習わせてはもらえなかったのである。

祖母の期待としては、「バイオリンが上達したら、音大を受験させたい。受験科目にピアノが必須なので、その時からピアノを習い始めたらよい」と思っていた。ところが、私のバイオリンは、音大受験のレベルまでには至らなかったのであった。大学院入学と同時に、祖母の元から巣立った私は、同時にバイオリンのレッスンからも十七年ぶりに解放された。それだけで済んでいたら、音大レベルではないが、バイオリンという趣味があるという話で終わったと思う。ところが、ここで再び、夫が登場してくる。大学院入学と同時に夫との生活が始まった頃、私の兄が結婚することになり、その結婚式の披露宴で、「一曲弾いてほしい」と頼まれた。喜んで引き受け、曲を決めて、練習を始めた。すると夫が、「そんな弾き方では、とても恥ずかしくて披露できないから、特訓してあげよう」と言い出した。夫は、バイオリンをそれまで、さわったことも見たこともなかったのであるが、中高生時代に田舎のブラスバンドでクラリネットを吹いていた。

断る間もなく、多摩川の川辺で特訓が始まった。初めの一小節目から、「全然、曲になってない」と怒鳴られ始めた。「二分音符の長さが、充分、伸ばし切れていない」と何回でも、やり直させられた。十七年間の弾きなれてしまった、いい加減な二分音符の感覚は、一朝一夕には直せるものではなかった。実際、バイオリンの先生にも、注意されたことのない0・01秒の世界の誤差の改善は、真剣に直そうとすればするほど、訳がわからなくなっていってしまった。

突然、夫は切れてしまった。すぐそばに駐車してあった私の車のドアを開けながら、「お前のような、強情な奴は死んだ方がましだ」と怒鳴りながら、車の免許も持っていないのに、エンジンをかけた。私をめがけ発進してきた。あまりの咄嗟の行動に、私は楽器を手放して、ぶつかってきたフロントに飛び乗り、しがみついた。ミラーをしっかりつかんで、振り落とされまいと、必死であった。ハンドルを右へ左へ回して、私を何とか、地面に振り落とそうとする夫と、ミラーにしがみつく私の光景は、まるでサスペンスドラマのようなものであったと思う。

やがて、車は止まった。助かった！「何で、俺の言うことが聞けないんだ。二分音符の長さが短すぎると何回も言ってるだろ！」と同じことを呪文のように言い続ける。泣いて、あやまっても、「泣いてごまかすな。強情を直せと言っているんだ。あんたのような強情な人間が、世の中にいると邪魔なんだよ！」と止まらない。

こんなことがあって以来、バイオリンは夫のいない時だけ、弾くこととなった。もちろん、レッスンには通えなかった。夫は、その後、度々、私に対して、あだ名のように「音痴、音痴」と言い続けた。音痴と十年以上にわたって言い続けられた結果、私は「音痴」についての考察が深まっていった。「音痴」と一口に言っても、音程が悪いのか、リズムが違っているのか、楽譜の解釈が違うのか、音楽の句読点の打ち方のセンスが低いのかなどなどと、色々考えられる。夫が「音痴」という場合はリズムのことばかりであった。もしメトロノームとぴったり合って弾けたとしたら音痴ではないのだろうか。いや、その前に、メトロノームとぴったり合っているか、いないか、本当に正確に測れる人がいるのかどうか。私は、ずっと考え続けていた。

夫の言葉通り、私は実に強情に考え続けた。感覚とは個々のものである。人間は機械ではない。ぴったり、同じ感覚を持った人間同士なぞ、いるはずはない。リズムや音楽についていろいろと考えるうちに、私はただ慢性的かつ義務的に楽器を鳴らしていた頃とは異なる興味を音楽に抱くようになり、レッスンがとても懐かしく、バイオリンがだんだん好きになっていった。音楽に上下の差はなく、人間にも上下はなく、個々それぞれの表現なのだ。確かに、音大を受験するとなれば、基準を突破しなければならないけれど、趣味でやっている以上、他人に迷惑をかけない限り、楽器を楽しんで弾くことに、「音痴」と命名することはないと思うようになった。

祖母がバイオリンを長いこと続けさせてくれたことに、深い感謝が生まれてきた。同様に、私の先生に対しても、深い感謝が生まれてきた。私に対しては、優しく、ゆるやかに教えてくださっていたんだ。それなのに、私は、先生の教え方のせいで、音大受験にまで至らなかったのだと心密かに思っていた。将来、自分に子どもができて、バイオリンを習わせる時には、先生をよく選ぶことが大切だと思ったりしていた。実際に、当時、その先生には生徒が百人ぐらいいて、一人の生徒に細かく教えている時間はなかったし、熱心な親は、メモをとって家庭での練習の際に、細かく教えていた。私の場合は、送り迎えはしっかりしてもらっていたが、内容は、祖母は聞いていなかったのである。その両方とも、私にとってラッキーなことであったと、今になって胸をなでおろしている。

私は、バイオリンが上手になるために頑張っていたのではなく、ただ、続けることに頑張っていたのであった。ついに、習わせてもらえなかったピアノも、自分で月謝が払えるようになってから、密かに習い始めた。三十年近く、恋い焦がれた、ピアノのレッスンは、至福であった。いつの間にか、私は本当に音楽が好きになっていったのである。それと同時に、「私は、音痴ではない」こと、「音痴という人は存在しないのだ」という結論を長い時間をかけて、自分の中で導き出した。ただ、なるべく正確なリズムや音程を聞き慣れている方が、レベルの高い演奏ができるようになる可能性が高くなるように思った。人それぞれの個性で、それも進歩の度合いが大きく異なるものだとも思った。

長男を妊娠した時も、お腹の赤ちゃんにクラシック音楽を聞かせてあげたいと思った。ドタバタの中でも、時間を盗むようにして、良いレコードを聞かせてあげていた。どんな曲を聞かせたらよいかわからなかったので、色々聞かせてみた。バッハ以前のグレゴリオ聖歌を聞かせた時だけ、反応が良いことを発見し、ほとんど、グレゴリオ聖歌をかけ続けた。次男の時も三男の時も同じであった。

自分が三歳の時に、あれほど抵抗があった音楽教育であったが、自分の子どもが三歳になるのを待ちかねて、子ども用の小さなバイオリンを買った。三歳の誕生日に、バイオリン入門の日を迎えた。先生は、とても喜んで、まずは、ブラームスの「ハンガリアン舞曲」を、名器で演奏してくださった。「バイオリンは、こんなに素晴らしい音がするんだよ！」と堂々と弾いてくださった。二回目のレッスンの予約をして、喜々として帰った。次の週、スキップをするように、レッスンに向かった。先生の家に到着するや、ソファの上で長男は、グーグーと眠ってしまった。「先生、すみません。今度はよくお昼寝をさせてからお伺いします」とあやまった。先生は、「この子は、大物ですよ。こんな風に、緊張もせず堂々と眠れる子は、将来が楽しみです。まあ、お母さん、コーヒーでも、ゆっくり飲んでいってください」と奥様が、おいしいコーヒーを運んでくださった。楽器の話や弓の話をたくさん、教えてくださった。レッスンの時間が終わり、外に出た途端、長男は、元気に走り出した。途中の公園で、いっぱい遊んで帰った。

次のレッスンも、次のレッスンも同様であった。半年くらい経った頃には次男も生まれ、背中におぶって二人の息子を連れて通った。五歳まで、そんな感じで時は過ぎていった。二年の間に何度か目を覚まし、少しずつ、バイオリンを弾くようになった。七五三の五歳のお祝いの日には、バイオリンの教本の第一巻の一曲目である「きらきら星」を弾いた。その一曲を最後に、レッスンに通うのをやめた。今にして思い返してみると、その七五三の日の演奏は、とても堂々としていて音は美しかった。「実は簡単な曲ほど、最も難しい」とわかってきた今頃になって初めて、あの演奏が素晴らしかったと思えるのである。その時点では、子どもの演奏がどの程度のものかよく私には理解できていなかったので、二年間で、最初の一番短い曲、一曲を弾けたことに、大満足であった。レッスンの間中、ほとんど寝ていた長男が、自分自身で獲得した一曲であった。蝶ネクタイに背広姿の長男の堂々とした演奏に、皆拍手で喜んでくれたのがとても嬉しかった。

長男のレッスンという名目で、毎回、その先生から詳しく、音楽や楽器についての講義を受けることができた。特に、楽器の知識はまるで、楽器屋さんにでもなれるほどであった。その先生は、世界的な名器や弓を何台か持っていて、私に実際に弾かせてくださって、その違いを体験させてくださった。長男も楽器について、今でも、とても詳しい。眠ったような恰好(かっこう)をして、色々と学んでいたのかもしれない。その二年間は、先生の話がほとんどであったが、なぜか家での練習は、喜んでしていた。私と一緒に同じことができることが楽しかったのかもしれない。基礎練習だけを毎日していた。

私が長男と練習していると、まだ一歳になったばかりの次男が、楽器が欲しくて大さわぎになった。楽器屋さんで普通に購入できる子ども用のバイオリンは、十分の一というサイズである。その十分の一より、さらに小さい十六分の一というサイズを特別に次男のために購入した。それを持たせると、教えなくても、あごと肩の間にバイオリンを固定し、右手で弓を動かして、嬉しそうに音をずっと出していた。三人で音を出していたこの期間は、私にとって懐かしく貴重な思い出である。

それから十年もしてから、長男が突然にチェリストになりたいと言い出した。「それだったら、あの時、バイオリンを続けておけばよかったのに……」と私が残念がると、何と長男は私におもしろい話をしてくれた。「だって、初めての日、先生が弾いてくれた音で、僕は、ガッカリしてしまったんだ。だけど、お母さんが嬉しそうにしているから、悪いから言い出せなくて、毎回、寝ることにしたんだ」。私は自分の耳を疑った。「えっ、どうしてガッカリしたの？」と訊き返すと、「だってお母さんが日本一の先生の家に行こうと言ったから楽しみにしていたんだ。お母さんが、あんなにいつも練習しても、出せない本物の音が、ついに聞けるんだと、あの日、ついて行ったんだ。そしたら、あの先生もお母さんと同じような音だったから、習ってもしょうがないと思ったんだよ」と、普通の顔をしてとんでもないことを言っている長男を私はまじまじと見ていた。

「じゃ、どうして今からチェリストになりたいと思ったの？」と訊いてみた。「お母さんが買ってきてくれたCDを聞いたら、すごく感動して、僕もチェリストになりたいと思ったんだ。でも、僕が本物の音を出せるかどうかが、わからなかったから、部屋の隅っこにあった、古いチェロと弓で、CDの写真を観ながら同じような恰好をして音を出してみたら、本物の音が出せたんだよ。お母さんにも、あの先生にも出せない本物の音を、僕は出せるから、チェリストになりたいんだ」

本物の音と偽物の音。音痴と音痴でない人。私は、この長男の言葉から毎日、色々と考える日々が再び始まった。

音痴の考察から獲得した結論から考えると、長男の聞いたCDの演奏者の感覚と、長男が自分で初めて出した音との感覚が一致したので、自分の音を本物と思ったのだろうか。こう考えてみても、何か、違和感がある。「本物の音というのは、どんな音なのだろうか」という疑問を消し去ることができない私であった。長男に訊いてみるよりほかに解決の方法がない。恐る恐る訊いてみた。「鈴虫が、自分の羽と羽をこすり合わせて、リーンリーンという音を出すでしょ。あの音は、小さいけど、遠くまで響くんだよ。遠くの誰かに話しかけてる音が本物の音なんだ。チェロも弦と弓をこすり合わすよね。その音は、遠くまで響いて行って、何を言っているか伝えられないと、本物の音って言えないんだ」と、淡々と答えてくれた。

小さい時から、虫が大好きで、ずっと虫と遊んでいた長男は、虫から本物の音を教えてもらっていたんだ。感覚が合う合わないではなく、言葉になっているか、言葉になっていないかの違いなのだと、ストンと腹の底まで合点がいったのであった。

自分で産んで、自分で育てた子どもであったが、本当に、素晴らしい子どもに育っているんだと、ただただ尊敬の念を強くした。祖母が、強く望んだ音楽教育は、二世代の時を経過して、静かにゆっくりと進歩しているような感じであった。私の背中におんぶされて、長男のバイオリンのレッスンの度に一緒にいた次男は、一歳になってやっと立つことができた時からバイオリンを弾き始め、どこに行く時もバイオリンのケースを片手に持って嬉しそうに歩いていた。小川が流れているほとりに、ケースを置いて、中から小さな小さなバイオリンを取り出して、川の音を伴奏に音を出して遊んでいた。曲はまだ、全然、弾くことはできなくても、まるで演奏家になったように、いつまでも楽しそうに音を出し続けていた。

また、私が一生懸命、ピアノの練習をしている足元にいて、ペダルを手で上手に操作してくれていた。ペダルの使い方を知らなかった私の代わりに、曲に合わせて、ちょうどよく、ペダルを押したり離したりして、私の欠点をカバーしてくれていた。やがてピアノもバイオリンも、チェロも上手に弾くようになった。なかでもピアノは天才的で、日本の先生方やイタリアの音楽院の教授からも、その才能を認められて、ピアニストになるように熱心に勧められていた。特に、ショパンの曲に関しては、聴く人を夢の世界へと誘ってくれる演奏である。よく、ショパンの生まれ変わりではないかと言われることがある。私も次男のピアノの演奏を聴きたくて、顔が合うといつでも、「弾いて」とお願いする。時間さえあれば、次男は快く、弾いて聴かせてくれる。

そして、音の中で生まれ育った三男は、ピアノもヴィオラも苦労なく、頑張る様子もなく、上達していった。芸大を受験する直前で、交通事故にあい、受験は断念した。その後、けがは完治したが、将来の夢が少し変わり、今は、音楽以外の仕事についている。仕事や子育てが一段落したら、再び、ヴィオラを弾く日々が、やってくるのかもしれない。

十四歳からチェロを習い始めた長男は、予想をはるかに超えて、芸術高校に合格し、わずか一年で中退し、本場イタリアに留学した。十七歳から三十歳までの十三年間、イタリアで、思う存分にチェロの勉強を果たして、帰国してきた。ヴィオラを弾く日本の女性と結婚し、今は、九州で音楽院を開いている。長男の三人の娘たちは、皆、ピアノもバイオリンもチェロも、好きな時、自由に弾いて楽しんでいる。住んでいる家の近くに、その地方で初めてのジュニアオーケストラが設立された。ジュニアという名前にもかかわらず、子どもから老年まで、弾けても弾けなくても、誰でも入団OKという、珍しいオーケストラができた。長男一家はもちろん、私まで仲間入りさせてもらって、ついに三世代オーケストラが可能となった。長い紆余曲折の果てに辿り着いた、夢のような着地点である。

この第十一章の「音楽教育」の冒頭で、「祖母の夢は達成されなかった」と書いてしまったが、今、このように書き進めてきて気付いたことには、「祖母の夢をはるかに超えて、達成された」と書くべきであった。音楽を、家族中で一緒に楽しむことができる幸せは、どんな豪邸に住むよりも、どんな宝物よりも、どんな高級車に乗るよりも、深い喜びがあることだとつくづく思うこの頃である。こんな至福の真ん中で生きていても、このように文章にしてみないと、なかなか強く認識できないことが情けないことだと思うと同時に、このようなチャンスを与えていただけたことに心より感謝いっぱいである。

音楽教育の大切さや重要性は、なかなか言葉に表現するのは難しいことである。それと、1＋2＝3のように、すぐに答えが出ない。

例えば、私のように十七年間も頑張り続けても、「音痴」と怒鳴りつけられてしまったら、「そうなのか」と、長い努力の積み重ねも親の努力も一瞬に吹き飛んでしまい、それ以後は、一生、コンプレックスに悩まされ続けることにもなりかねない。音楽とは、それほどに、深く、デリケートなものなのである。デリケートであるからこそ、心の深くまで、影響してくるものなのである。

幸せは、心で感じるものなので、その心のしわが、多く繊細になるほどに、心が良くなるのだと思う。脳のしわが多いほどに、頭が良いのと、全く同じことのように思える。日本では、子どもが、幼稚園に入園すると同時に、ヤマハ音楽教室とかカワイ音楽教室などが、その各幼稚園と提携していて、体育教室や絵画教室などと同じように、幼稚園終了後に、そのまま、どこかの教室に園児は移動することが多い。保護者は、園児のお迎え時間が、一～二時間、遅くても良いので、その時間、ママ友と雑談していられる。幼稚園生も、皆が習っていると何となく、放課後の習い事に参加してみたくなるという理由で、お教室に入門する。団体教育なので、個人個人の自由はなく、皆、耳にイヤホンをつけて、一斉に、教えられたとおりに弾くということになる。先生も、一人一人の出している音をチェックすることはできないが、グレード試験があるので、その時、習得している子と習得できていない子が判明してくる。幼稚園卒園と同時に何となく、やめていく子も多い。グレード試験に順調に合格していった子は、もっと高いグレードを目指して、そのまま続ける子もいる。先生も、だんだんと変わっていく。そのようなシステムで、音楽教育が進んでいっていることが多い。

親も子どもも、音楽について深く考えることもなく何年も経過して、ついに、高校の受験ともなる頃に、受験勉強が忙しいからという理由で、やめてゆくということをよく聞くことがある。やらないよりかは良いのかもしれないし、個人個人の受け止め方かもしれないが、少し、もったいないような気もする。ましてや、弦楽器の教室となると、もっと、ハードルが高くなる。心の成長を助ける音楽教育について、考えたり、話し合ったりする機会が増えるとよいと、つくづく思う。

次の章では、祖母が第一に大切と考えていた語学教育について書き進めてみたいと思う。

第十二章　語学教育・絵画教育

「島国の日本人は、これからは、とにかく、国際人とならなければならない」という祖母の口癖は、七十年近くたった今でも、私の耳から離れない。特に会話ができる人になるために、ネイティブイングリッシュと、盛んに話していた。祖母の一人娘である私の母には、フランス語と英語を同時に習わせていた。その過ぎた教育熱に、ついに母は、気の毒なことに、十八歳にして燃え尽き症候群となって、何事にも無関心な人となってしまった。その反省もあってのことか、孫の私はフランス語は免除され、英語だけとなった。

三歳の時から、外国人の先生ばかりの幼稚園に入園させられた。小学校は、受験勉強を経て、国立の附属へと入学した。余談ではあるが、運動が大の苦手であった私は、スキップとか縄跳びができなかったが、小学校の受験科目に体育があったため、祖母は、私の弱点を補うために、小学校の体育の先生に頼んで家庭教師に来ていただいていた。子どもながら、スキップや縄跳びのレッスンは、一対一でとても恥ずかしい思いをした。未だに、本当のスキップはできない。片足ずつ飛んで、着地してから、もう片方の足をジャンプするという、スキップもどきしかできない。その体育の家庭教師の苦肉の策であった。

縄跳びも、大縄跳びや二重跳びはできない。さらに話はずれるが、鉄棒の逆上がりも、どうしても未だにできない。いくら努力してもできないものはできないということだけ骨身にしみた。自分のできないことばかりにこだわっていても、暗くなるばかりで何も良い結果は生まれないことも、よく体得できたので、今ではそれほどにはコンプレックスを感じない。むしろ、できない子どもと出会った時は、とてもうれしい。「このおばあちゃんも、小さい頃からできなくて、とても嫌だったけど、できなくても、ずっと生きてこられたから大丈夫。でも、できるようになりたいよねえ」と、抱きしめたくなるほど、愛を感じるという嬉しいこともある。実感がこもっているせいか、そういう子どもとは、本当に、深い関係が持てるという特権がある。

さて、小学校の受験の話からどんどん外れてきてしまったが、なんとか合格を果たし、入学してからも私は、幼稚園の延長の外国人の英会話スクールにも通っていた。遠距離通学の上にさらに、英会話スクールへの通学は困難であったし、同級生では誰も通っていなかった英会話を独り、習っていることに抵抗があった。二年生の中頃までは我慢したが、ついに「やめたい！」と祖母に申し出た。「もったいないねえ。せっかく、続けてきたのにねえ」と盛んに言われたが、最早、限界であった。やめた途端に、英会話をする機会は全くなくなった。

中学生になると、英語が必修科目となった。四年の空白はあったが、自分では幼稚園の時に英語で会話できていたので、いまさらまた、英語を勉強しなくても大丈夫と思っていた。家でも、全く復習などもしなかった。中学生となって初めての中間試験の結果を見た担任の先生が驚いて、祖母は呼び出された。他の教科と比べ、全く点が取れていなかった。幼稚園や英会話スクールでは、ペーパーテストを一度も受けたことがなかった。中学一年生の英語のテストは、会話は全くなかった。私は、ボーイもガールも発音はできても書くことはできなかったので、0点になってしまったのであった。英語教育に一番、力を入れていた祖母の驚きが、いかほどであったかと思うと、いまさら、申し訳なかったと思う。けれども当時の私は、申し訳ないとも思えず、「何で、英語だけが0点なんだろう？」ぐらいにしか感じてはいなかった。祖母は、私の母の時ばかりでなく、孫の私でも、またまた、大失敗をしてしまったのであった。

このたび、私は、この本を書くにあたり、祖母が、なぜ、そこまで英語にこだわっていたかという謎にも、せまることができた。それは、祖母が親しくしていた横山大観の影響が一番、強かったことに気付くことができた。

横山大観は、東京府立中学から東大を目指し、東京英語学校に入学した。そこで英語を学んでいる間に、美術学校が創設されることを聞き、心が動き、突然画家志望となった。東京美術学校を受験し、合格して第一期生として入学したそうである。そして、その美術学校の校長であった岡倉天心と直接出会い、天心の、ずば抜けた才能やスケールの大きさや愛の深さに感嘆し、尊敬の念を増していった。

その岡倉天心はというと、子どもの頃から英語が堪能であった。今日、日本でも欧米諸国でも有名な『茶の本』でさえ、英語で書かれた本であった。英語で、世界的に活躍された、まさに国際人であったのだ。

以上は、横山大観の史実から初めてわかったことであるが、祖母が、母や私に期待した内容の根拠が、定かではないが、明確になってきた次第である。

禅学科入学を希望した私を、「英文科に入学しなければ、学費は出さない」と言ったのも、実は、岡倉天心と大観の影響であったのかと思う。いずれにせよ、英語で0点をとってしまった私は、その後、近くの英語塾などに通うこととなって、なんとか、他の教科と同じくらいの学力となった。特に得意というわけではなかった。三歳から車の送り迎えまでしてネイティブイングリッシュにこだわった、祖母の努力や、私を国際人にしたいという夢は、泡と消えてしまったのだと、長いこと思い悩んでいた。

ところがこの度、ペンを進めている間に、大逆転を果たすことができた。私は、特に英語も得意でもないし、ましてや、国際人なんてすごい人からは、程遠い大人となったとばかり思って七十五歳まで生きてきたわけである。ふと、その思い込みに疑問が生じた。私は英会話もできるし、もしかして国際人なのかもしれないという考えに至った。なぜかというと、あまり深い根拠はないが、母親になってからの私の小さな夢について、今になってあらためて考えてみた。それは、子どもが小学三年生になったら、「地球の大きさ、宇宙の無限さを体験させてあげたい。そのために世界旅行を一緒にしたい」と思ったことである。

長男の小学三年生の夏休みに、その夢は現実のものとなった。親子二人と私の父親との三人連れで、ヨーロッパ旅行へと旅立った。観光団体に申し込むのでもなく、一人で最も安いチケットを見付け出し、玄米と味噌、醤油をリュックに背負い出発した。現地に到着してから、英語でユースホステルに電話して、予約をとり、自炊しながら、一か月以上もの長い間、旅を続け、無事帰国してきた。

次男とも、三男とも、同じように、小学三年生で二人旅を満喫した。

自分では、片言で、身ぶり手ぶりのやっとの奇跡の旅だったと思っていた。けれども、今、思い返してみるに、少ない単語数ではあったが、発音が良いと皆に驚かれたことを思い出した。向こうの人に「日本人の英語はほとんど聞き取れないが、あなたの英語はよくわかります。どうやって学んだのですか？　他の日本人と学び方が違うのですか？」と訊かれたこともあった。祖母がネイティブイングリッシュにこだわった成果があったのだと、今、ペンを進めながら胸が熱くなってきた。

だいたい、「息子と二人だけで、ガイドもなく旅をしよう」などと、思いついたこと自体が、祖母の夢見た国際人になっていた証拠なのかもしれない。程度の差は、各々であるが、さほどの不自由もなく、どこの国でも、自分の行きたい国へ一人でも旅ができること、そこで出会った色々な人々と、人種を超えて、話したり、一緒に食事をしたりできることは素晴らしいことであった。

私は、還暦の記念に、六十歳で一人でアメリカのアリゾナ州に行った。そこで、ヨーガ学校に通い、知り合った人に、「こちらで、マクロビオティックの教室とレストランを開いてほしい。経費は総て出すので、体一つでこちらに引っ越してきてほしい」と頼まれた。その時は全く自信がなかったので、お断りするのに精一杯で、帰国してはきたが、今にして思えば、私の片言が、通じていたということである。祖母に、その光景が届いていたら、さぞや満足のことであったはずである。

長男が、十七歳で突然イタリアに留学したいと言い出した時も、当時通っていた芸術高校の先生方は猛反対した。イタリア語も話せないのに、イタリアの音楽院などに入学できる筈がない。とんでもないことを思いつく子も子ながら、親も親だ。「この親にしてこの子あり」と、すっかりあきれられてしまった。けれども、本人の意志はかたく、私は、止めようという気には到底なれなかった。高校を中退し、チェロをかついだ長男と、イタリア、ローマへと旅立った。まずは、長男の下宿先を見つけ出して契約して帰国した。十七歳の長男一人を、ローマに置いて帰るのには、勇気がいった。ところが、その頃は離婚もしていて、養育費ももちろんなく、私は一日も早く日本で働いて仕送りをしなければ、来月分の部屋代と食費がないと思い、必死で帰国した。

その後、長男は、一人で部屋で自炊をして、毎日テレビを見て、全くわからないイタリア語を一日中聞いていた。やがて、少しずつ内容がわかるようになって、近くのバールに行って、そこで知り合ったイタリア人と会話するようになり、独自の力でイタリアの国立音楽院に入学し、イタリア語で授業も受けるようになった。総てはネイティブのお蔭であった。十三年間も暮らす間に、長男は日本語よりもイタリア語を流暢に話すようになった。帰国後十五年も経つが、九州に住みつき、近くにイタリアから移住してきた何人かのイタリア人の、最も頼りになる日本人として活躍している。

次男も小学三年生の時に私と一緒に旅行し、たくさんの現地人と話す機会を得て、やがて、ピアノでイタリアへも音楽留学をしたり、世界中を一人で何回も旅して歩いた。今は富山県で学習塾の塾長をし、指導に当たる傍ら、海外にも度々出張し、語学を指導にも実用にも役立て、活躍し、子育ても楽しんでいる。

三男も、映画が大好きなのであるが、「吹き替えでなく原語で聞く方が、ずっと面白いよ」と話してくれる。必ずしも、三歳から、特別幼稚園に入園させる必要もないと思うが、祖母の志は、立派に子孫に影響していることを確信した。長男は音楽院長となり、次男は学習塾の塾長となり、三男は愛知県で小さな会社の社長となり、私も十一人の孫の祖母となった現在である。

ところで話は突然変わるが、今から約十年前、私は自転車で走行中、車にはねられた。意識不明となって救急車で大病院に運ばれた。間もなく意識を回復し、自宅に連れて帰ってもらい、自宅療養に切り替えた。そして長い自宅療養の結果、やっと日常の生活に復帰することができた。事故でそのまま死んでしまうことなく生還し、文字を書くことができたことを何よりも幸いと思う。

七十五歳にして、本当に「自己受容」ができたこと。自己受容こそが、人生の究極の目標なのではないかと思うに至った。音楽教育、語学教育を通して、ついに自己受容にまで、進んできた。私は、結婚していた頃によく夫から注意されたことがあった。「もし、他人から、大学は何科だったの？　と訊かれた時、絶対に英文科と言わない方がいいよ。そのつたない英語で英文科卒と言ったら、英文科に失礼だし、大学を笑いものにされたくなかったら、『忘れた』とか『さあ……』とか誤魔化した方がいいよ」と言われていた。私も、本当にその通りだと思い込んでいたのであった。けれども、この度、私はこの夫からの呪縛からも、解き放たれた。これからは、もっともっと自分の能力を評価して、受けた教育に感謝して生きてゆきたいと思う。

この第十二章の「語学教育」の章で、もう一つ、どうしても書き残しておきたいことが発生してきた。この本の第一章「暴力」の初めの部分で、私は、祖母から受けた忘れられない一撃について、七十年近くも経って初めて、告白した。その下書きを読んでくださった方が、「厳しいけれど優しかったおばあちゃんが、たった一言のあなたの発言で、なぜ、それほどまでに怒って暴力にまで及んでしまったのかしら？」という疑問を、私に投げかけてくださった。その時、私は初めて深く「なぜだろう？」と考え、答えを探した。常に暴力をふるわれていたわけではないし、本当に、一生に何度かと数えられるほどの珍しいことであったのに、なぜ、その理由がはっきりわからないのかと、不思議になった。何となくは、祖母が一番大切にしていた私の長兄に、私が殴られ、それを大げさに告げ口したからだと、七十年近くも、深くも考えずに思い込んでいた。それ以後は、長兄に何をされようが、告げ口はしないことに注意して生活していた。でも、本当に告げ口が原因だったのだろうか？

第二第三の祖母からの暴力の総てをよくよく思い起こしてみたところ、あの一撃よりも、もっと、恐ろしく怒られた時のことを思い出した。それは、私が祖母から、何かを注意された時に、「ヘイ、ヘイ」とふざけて返事をした時のことであった。その頃学校で、「ヘイ、ヘイ」と頭をかく動作がすごく流行っていた。私は、そのふざけた返事が、我が家の厳しい日頃の雰囲気と全く異なっていて、軽々としていて、とても好きになってしまい、ついつい、帰宅してからもモードの切り替えがつかない間に、その軽率極まりない態度と言葉を、祖母に対して使ってしまった。次の瞬間にどんなことになってしまったのか、本当に今、思い出すだけでも、身が縮むほどである。この二回の共通点こそは、「言葉」だったのである。つまり、祖母の語学教育の一端であったのだ。

当時の祖母は、日本語の使い方にとても熱心であった。謙譲語、丁寧語、尊敬語、感嘆語、その発音や、イントネーションにまで細々と私に注意をしていた。それにもかかわらず、「お兄ちゃんに、ぶんなぐられた」と言ってしまったのだ。それは、女の子の使う言葉ではなかったのであった。男の子が使っても良いが、女の子は絶対に使ってはいけない言葉というものが、祖母の頭の中にはあったのである。たぶん、祖母の義理の父から厳しく躾けられた語学教育だったのだと思う。明治天皇直結の教育という訳であった。

怒られた側からしてみると、ただただ理不尽さだけが強烈に心に残っていた。私もいつの間にか、孫たちの言葉の乱雑さが気になるこの頃となった。そこで、私は恐怖をいだかせることなく、言葉の修正をしていけるように気を使っている昨今である。

しかし、言葉だけで尊敬語が使えるようになったとしても、本当に「尊敬する心が湧き起こること」の方が、どれほど、大切なことか。心の底から、尊敬できるような方々と日頃接することで、尊敬する心が育つのだと思う。私は、茶道の先生と出会い、尊敬する心が芽生え、やがて育っていった。その反動として、自分の祖母を情けなく思ったこともあった。しかし、お茶の先生を心から尊敬し、茶の心を学ぶほどに、一時、情けなく思えた祖母のことも、いつしか、尊敬できるようになっていった。七十五歳を過ぎた今では、自分自身も尊敬される人となりたいと思う。それには、まず自分が、自分自身を尊敬できるように、しっかりと自己受容しなければいけないと、はっきり思う。自分の一生が、本当に心から愛おしく感じられ、自分に満足し、素晴らしい一生であったと幕を閉じることができるようになることが、語学教育の最終目標かもしれない。

何と今、こうして言葉を大切に、一筆一筆ペンを進めていくことが、ハッピーエンドへの一本道なのだと確信することができた。そして、過去から現在へと、そして未来へと、延々と続いていく命のバトンを、私の育てた息子たちにしっかり手渡すこと。

いや、最早、手渡し終わったことを実感するこの頃である。九年半前に、交通事故にあって以来、収入の途絶えた私に、毎月毎月、仕送りを続け、さらによく話し相手をしてくれている息子達。今のように、ゆっくりと養生しながら、原稿を書いていられる状況を、ゆるぎなく、しっかりと支えてくれている息子達に、どれほど感謝しても、しきれない思いである。養生もそこそこに、あくせくと働き出していたら、とても今の心境には至らなかったと思う。九年半という充電期間は、本当に、私の一生にとって、大切な時期であったと思う。自分の過去から、先祖の過去まで、じっくり思い出し、疑問の数々を解いていく作業は、まるで、数学の方程式を解いてゆくような楽しさがある。

音楽教育、語学教育について、祖母の教育のもう一本の柱の絵画教育にも、ついでにふれてみたいと思う。これも、横山大観の影響が強かったのだと思うが、三歳の頃から私は、電車を乗り継いで兄に連れられ、日展の審査委員長の家に、通わされていた。デッサンから始まり、水彩、油絵と進んでいった。そのお蔭か、何回か、表彰された。中でも水彩画が大好きで、絵の具の色を、にじませたり、色々混ぜ合わせて、微妙な色をパレットの上で創造していくことが大好きであった。遠近や、影の描き方や、光の当たる部分の形のおもしろさなどに興味を持っていた。私より先に習っていた兄は、才能もあったせいか、入賞する回数も多く、作品は海外でも評価されるようになった。すると祖母は、あわてて、絵画教育に終止符を打った。やっとおもしろさが本格的になっていた兄は、突然の絵画教育の切り上げに、驚き、反抗した。「どうして、やめなければいけないの？」と盛んに祖母に抗議している姿は、未だによく覚えている。それに対して、祖母は、「画家なんかにするために、絵を習わせた訳じゃない！」と一点張りであった。それまでは、「先生、先生！」と敬語を使っていた先生に対し、「画家なんか」に、となってしまったことに、私も兄も合点がいかなかった。特に兄は、憤懣（ふんまん）やる方ない表情であった。

兄の場合、私と異なって、音楽教育に対しても成果が著しかった。音楽でも、やはり、プロになるようにスカウトされそうになった。すると祖母は、「チンドン屋にするために、音楽を習わせた訳ではない！」と、レッスンはもとより、高価なステレオ装置やら、たくさんのレコードをすべて、小屋にしまい込んで鍵をかけてしまった。

兄はその二つの事件以来、祖母とは、ほとんど口をきかなくなってしまった。それでも大学は卒業し、就職も一流企業に入社し、設計技師として、海外でも活躍した。

しかし兄はその後もずっと、祖母を認めようとはしなかった。私以上に情熱を注いで、時間やお金をかけた兄の反抗は、祖母にとって、悲しくつらいものであったと思う。けれども、画家やチンドン屋にならなくて本当によかったと思っていたようだ。兄の反抗と書いたが、兄は従順にも、絵画教室もやめ、音楽家にもならなかった。ただ、祖母とのコミュニケーションをとらなくなっただけのことであった。祖母の目指した、音楽教育や絵画教育は、一体、なんだったのかと、今、つくづく思うのである。画家にも音楽家にもなって欲しくなかった。最終的にはサラリーマンにしたかったのだろうか。それとも、祖母の猛反対を断ち切ってまでも画家や音楽家になろうとする、兄の勇気と決断を試したのだろうか。

自分の設立した工場を六十歳の時に閉鎖した祖母であったことを、ここで再び思い起こしてみた。当時の大会社であった八幡製鉄との合併話を断って、郵便局を買って、父を国家公務員とするために郵便局長にして、四人の孫たちの平穏な日々を守った。

そして、自分のでき得る限りの最高の教育を、孫のために手伝った。祖母は、最高ばかりを目指すことなく、日常生活一日一日を、丁寧に大切に過ごせるような余裕のある家庭に的を絞り込んでいったのかもしれない。考えは尽きない。

そろそろ、祖母の晩年の年齢に私も近づいてきたのであるが、思い出すほどに、興味の尽きない、魅力的な人物であったと思う。その祖母の大恩に報いるためにも、私は、天国にいる祖母が安心するような、魅力ある人間にと、成長してゆきたいと思うのである。

私は、幼い頃から、祖母の上昇志向に、なかなか追い付いてゆくことができずに、自分自身を情けないと思っていたので、むしろ、晩年の祖母の方が好きであった。私が強烈に茶道に魅せられていったのも、競争ではなく、静かに、落ち着いた、心の世界を大切に生きたかったからであった。どんな些細なことでも、一つ一つ丁寧に対処し、かといって、執着することなく、軽やかに、リズム感を持って、背筋をきちんと伸ばして、力を抜いて、明るく美しく生きてゆけたら素晴らしいと思う。

そして、ここまで、私を育ててくださった、多くの諸先生方や、家族の一人一人、また、三人の息子達や、また、その家族の人々に、心からの感謝の気持ちを伝え残してゆきたい。

そして、御縁あって、この本を手にとってくださった方々と一緒に、古きを重んじ、さらに新しく、優しさと美しさに満ちた平和な世界を創造してゆきたいと祈るばかりである。

ドイツ、ミュンヘンのオリンピック公園にて、一緒に行った79歳の父と。長男が小学３年生の時に

第十三章　玄米菜食

これまでは、祖母からの一撃から始まり、両親やお茶の先生のことやら、次々と思いつくままに色々綴ってきたが、その間の食生活について、書いてみたいと思う。

私は太平洋戦争の終戦二年目に生まれた。日本中が食料難の時であった。そんな中、本当に、申し訳ないことであるが、我が家は飽食であった。飽食にすることが、仕事のような家庭であった。戦後、何もないところから復活するには、まずは、日本中にレールを敷いて、鉄道を走らせること。焼け、壊れた家をどんどん建てなおすこと。まだ自動車が少なかったので、自転車を、皆が所有するようになること。以上のようなことを目標と考えていた私の祖母は、鉄工所を経営していた。社長は、名義上祖父で、副社長が父ではあったが、実際にはほとんど全てを、祖母が一人で仕切っていた。

最新型オートメーションの設置されてあった工場で毎日、どんどん生産される鉄道レール、自転車部品、釘、さらには、かつて、日本が世界一のおもちゃ王国であった時代のおもちゃの部品などなどを、滞ることなく販売するには、買い主との契約が最も大切な仕事であった。多くの場合、そのような話は一流の料亭などでお客様を接待し、お酒をくみかわしながら進めてゆくのであるが、祖母は料亭を借りずに、自宅で料亭のような御馳走を自ら作らせて、接待にあたっていた。

その日、その日の一番の素材を集めるために、色々と工夫があった。魚河岸の一等地を莫大なお金をつぎ込んで購入し、祖父の甥に卸しをまかせ、新鮮な材料を常に調達していた。旬の野菜類は、祖父の田舎から連れてきて、住み込みさせていた家事見習いの親達から、採りたてを送ってもらっていた。日本酒は、婿である私の父の実家が蔵元だったので、トラックで運び込まれていた。いずれも、千葉、茨城と近郊であったので、その日の内に運び込まれていた。そんな訳で、そのおすそわけを家族も皆、食べていた。今で言うところのグルメ生活であった。

その罰かの如く、私は、断乳の後からは、病気だらけであった。第一章でもお伝えしたとおり、虚弱体質でいつ死ぬかわからないような、病弱極まりない状態であった。

毎日のように病院を連れ歩かれていた。夜はいつも腹痛で、ぐっすり眠れたことがなかった。便もまともなものは、見たことがなかった。幸いにも肺と心臓だけは丈夫であったので、どうにか助かって生き延びた。その頼みの綱であった肺も、肺門リンパ腺炎という病気に侵され、死にそうになったこともあった。

病弱のまま、ひょろひょろと生き延びて、やっと高校生になった。けれども満員電車に乗ると、肺が苦しくなって、意識が遠のいていくような状態になってしまうために、仕方なく、毎朝一番列車のすきすきの電車通学をすることになった。学校に着いても、まだ校門すら開いていない時間に到着してしまうのであった。

ところがその高校の会長先生が、毎朝、丁度、私と同時刻に学校に到着していた。その訳は、当時、九十歳近くであった会長先生は、御自分の健康のために、空気が汚れていない早朝、暗い間に自宅を出て、リュックにレンガを入れて、重い荷物を背負って、スタスタと歩いて、登校してこられていた。その会長先生こそ、かの有名な二木謙三（ふたきけんぞう）先生であった。

二木先生は、明治六年に秋田県に生まれ、東大医学部を卒業後、日本学士院会員、日本養生会会長の他、多くの要職を兼任され、完全食、すなわち玄米菜食を提唱され、さらに、二木式呼吸を発表された。ドイツに留学された時は、天然免疫性に関する医学界における世界最高の業績を残された。そののち、学士院恩賜賞、文化勲章、勲一等瑞宝章を授与されたお方であった。東大名誉教授を退任された後、各界から就職先にと懇願されたのにもかかわらず、「これから、最も大切なことは、子女教育である。良き女性を育てることは、良き妊婦、良き母親を育てることであるから、女子校に就職して、一人一人の女子生徒を育てることに専念する」と断言し、各病院からの要請を断固拒絶され、一女子校の会長となられたのであった。

先生は、御自分の健康をとても大事になさって、毎朝、早朝のウォーキング、呼吸法、乾布摩擦、柔軟体操などを欠かさず実行されていた。

そのような事情で、毎朝、先生と私は、早朝の校門の前で出逢うこととなった。校門の鍵を開けてくださりながら、「寒かろう寒かろう、さあさ、早く中にお入り」と校内に私を誘導してくださるのであった。「さあさ、さあさ」と二階の会長室に連れて行ってくださり、ソファに座らせてくださるのであった。それから、皆が登校してくるまでの間に「一緒に勉強をいたしましょう」と、『養生訓』という二百五十年前に書かれた本を、一緒に、読んでくださっていた。

その本は、貝原益軒(かいばらえきけん)という日本の儒学者で、八十四歳まで著作活動を健康に続けられた。その方が、八十三歳の時に出版されたのが、この『養生訓』であった。二木先生がこの『養生訓』を私に講義されておられたのは、九十歳ぐらいのお年であったので、きっと、とても親近感をもってお話しされていたことと思う。

『養生訓』は、八十年以上を生きて幸福である人間の、ゆるぎない世界観でつらぬかれており、自分のからだを健康にたもつのは、自分の倫理的な責任であるというかたい信念で書かれている本であった。二木謙三先生は、食事療法のことなど、何も知らなかった私に、少しずつ、少しずつ飽食の問題点や、栄養学の不確かさなどを教えてくださった。それまで、私は、祖母の栄養学に基づくお料理を、疑いなく毎日食べ続けていた。肉、魚、卵、牛乳、果物、砂糖は総て、健康に必須なものと思い込んでいた。小さい頃からずっと、そんなに良いものを食べ続けているのにもかかわらず、なぜ、自分は病気ばかりしているのかという考えに至らなかったのは、今にして思うと不思議なことである。心の問題に関しては、五歳で祖母から受けた暴力以来、祖母のやることとなすことに批判的な部分は少しずつ増大していたが、食事に関しては、食事が身体に及ぼす影響とか、心に及ぼす影響などと、深く考えてはいなかった。けれども、毎朝、二木謙三先生のお話を伺っている間に、食事の大切さがだんだんと身にしみるようになっていった。

二木先生がダイレクトに、「今のあなたの食べているものは、あなたの身体にあっていないのですよ」とか、「そのような飽食のせいで、満員列車に乗れないのですよ」などとは決しておっしゃらなかった。なぜか。今にして思うに、そのような発言によることは、高校生の私が親に反発したり、家の食卓にあがるものに不信を急に抱くようになることは、教育的見地からして、良くないことだと考えられておられたのかもしれないと思う。けれども、私は、だんだんと自発的に食事と体調について考えるようになっていった。

祖母は、卵は完全栄養食と言って、特に虚弱であった私には、他の兄弟よりも、たくさん食べるようにといつも言っていた。ところが、ある時、二木先生から、「動物性の食品は、なるべく摂らない方が良い」と聞いた時、そういえば、「卵料理を食べると、次に必ず、腹痛が起きる！」という因果関係に気付いた。「そうだ。肉を食べた後は、便秘が起こる」などなどと、一番身近な、身体の反応に、敏感になっていった。

ところで、会長室で、二木謙三先生のお話を伺うようになった初めの頃は、その内容よりも、早く学校に着いてしまったための時間潰(つぶ)しくらいに思っていた。それと、九十歳を過ぎた御老人がせっかく、講義をしてくださっているのだから、真剣な顔をして聴いていなければならないという、私の倫理観のようなものが多少働いていた。さらにもう一つ、九十歳を過ぎた二木謙三先生がとても可愛らしく感じられて、一緒に時間を過ごすことが、とても心地良く感じられたのであった。失礼きわまりない話なのであるが、今、ここに、初めて告白する時がきてしまった。冷静に考えてみると、九十歳を過ぎて、女子高校生をあれほどに惹きつける魅力があったということは、本当に凄いことだなあと思う。

確かに、『養生訓』の講義は、とても大切に思えたが、女子高校生をそれほど夢中にさせる内容ではなかった。何が一番の魅力であったのかと考えるに、ひたすら学問に打ち込んでこられた二木謙三先生の純粋な一途な思いは、九十歳にしても、若き青年そのもののように、エネルギーに満ちたものであった。そして、謙虚さ、けなげさが、すごく可愛らしかったのであった。

話は少し変わるが、『養生訓』の著者である貝原益軒は、今から約四百年前に誕生し、八十四歳まで生き、死の前年まで著述を続ける健康さをたもっていた。八十三歳の時に著した『養生訓』は、幸福な老人の健康論である。貝原益軒は、黒田藩のお抱えの学者として、七十歳までつとめ、七十歳から八十歳までに二十巻を超す著書を残した。二木謙三先生は、約百五十年前に誕生し、九十歳にして、青年に負けない魅力満点の師であった。義理や魅力で、受け初めた私の受講生活も、月日が経つ間に、その内容の素晴らしさにだんだんと惹きつけられるようになると同時に、自分の病弱の原因が少しずつ、自覚できるようになっていったのである。

高校を卒業する頃になると、玄米菜食の素晴らしさが腑に落ちるものとなっていた。例によって、祖母は断固反対であった。大学生になった私は、ついに一人、自分の部屋に釜を買い込み、押し入れの中で玄米を炊き始めて、そっと食べ始めた。おかずは、梅干しと沢庵とのりだけで済むので、押し入れの中でも充分、実行に移すことができた。ところが、まもなく、玄米の匂いが二階の部屋から漏れ出し、祖母に見つかってしまった。「同じ釜の飯が食えないというなら、出ていきなさい！」と、すごい剣幕で怒鳴られることとなってしまった。仕方なく、荷物をまとめて、家を出ることになった。「ふん。どうせ、大病になって、救急車で運ばれて、泣く泣く家に戻るはめになるくせに！」という悪態を背にあびせられつつ、勘当されたのであった。

小さな六畳一間の、しがない貧乏生活が始まった。私の玄米菜食第一歩であった。なんと、その日から今日七十五歳まで、一度も病気はしたことがないのである。三人の息子を産んで、その子達も総て、玄米菜食、給食なし、医者にかかることも一度もなしの健康優良児。あれほど、病気の問屋と言われ続けた私が、五十六年間も健康で生活してこられたことは、言葉に尽くせぬ感謝なのである。

ところで、私が、玄米菜食でいかに健康になったかという話が全国に徐々に広まり、各地で講演をするようになったが、全国で講演する中、よく質問されることがある。「勘当されて、その後は、どうなったのですか？」ということである。「そこですか？」と、問い返したくなる質問なのであるが、多くの人が、そこに興味があるとしたら、今、ここで答えておくべきだと思いペンを進める。私が勘当され、突然いなくなってしまった我が家は、灯が消えたようになってしまったらしく、その後、度々、祖母の命令で兄が、私の下宿に訪ねてくるようになった。少しずつ、野菜や衣類を運んでくれるうちに、徐々に和解し、「その、みすぼらしい生活だけは、やめて欲しい」という祖母の強い希望で、一人で、玄米菜食を家に帰ってするようにと頼まれ、下宿は出ることになった。玄米を家族に勧めることとか、効能を話すことなどは、一切しないという約束で、自炊を部屋でするようになった。

　未だに不思議なことは、あれほど、病弱であった私が健康になったことに関して、食事が変わったせいであると、祖母が認識できないこと。認識しようともしないこと。二木先生の本を一冊も読もうともしないこと。祖母からしてみれば、同じものを食べていながら他の兄弟や家族達が健康であるのだから、決して、食事のせいではないと、一歩も譲らなかったのであった。私以外の家族が皆、健康であるという証拠や根拠を、祖母は、しっかりとにぎりしめて、離さなかったということである。

未だに玄米菜食が、世の中に広まっていないということは、圧倒的に祖母の考え方が世の一般常識なのかもしれない。それほどに、人間という動物は、強くて丈夫なのかもしれない。カップラーメンだけでも、菓子パンだけでも、健康に働いている人も多いらしい。だとするとなぜ私だけ、病気ばかりしていたのかという疑問だけが残ってしまう。祖母の主張する通り、四人兄弟の他の三人は、未だに病気もせず、元気に働いている。私と同じく飽食の限りを尽くして育ったのにかかわらず、病気もしないまま、就職していったのである。

幼い頃に、祖母行きつけの呉服屋さんなどが、私に耳打ちした、「本当は、泉さんは、おばあちゃんの子」という話が、本当なのかもしれないとさえ思うこともある。祖母と私の年齢差は五十であるから、祖母が五十歳の時に私を産んだとすると高齢出産の上、父親が老人であったとしたら、超虚弱体質の子どもが生まれたとしても不思議ではない。祖父、父、母、皆、祖母に絶対服従の家族であったので、祖母が五十歳にして妊娠出産したとしても総てを極秘にし続けたのかもしれない。ふっくらとした体形だったので、妊娠すら、誰も気付かなかったかもしれない。しかも常に着物であったし、本当に元気であった祖母のことを考えると、私は、本当に祖母の子どもであったのかもしれないなどと考え込んでしまうことさえある。

生まれたての頃は、全く、誰にもかまわれることなく、ふとんにすやすやと寝ているので、よく忘れられていたと聞いている。一歳近くなって、病気で苦しむことが多くなり、祖母が本格的に私を大切にして、自分のふところの中で育て、病院にも付き添っていた。その可愛がりようは、たいへんなもので、母が焼きもちをやくほどであった。祖母が留守の時に、母が、私を木のハンガーで全身なぐり続け、祖母が帰るや、そのあざを見て驚き、「もう二度と、この子を置いて外出はしない」と宣言していた。私は、母になぐられていた時のことを今でもよく覚えているが、祖母から受けた一撃とは全く異なり、母に対して何も思わなかった。それに、なぐられる理由も全くなかった。母は、祖母のいないのを見はからい、ただただ、私をなぐり続けたのであった。自分の手でたたくと、手が痛いから、木のハンガーを使っていた。必死に私をたたく母を、私は、ただ、「この人は、かわいそうな人だから、我慢して、たたかれていよう」

などと、他のことを考えていた記憶がある。逆に、帰ってきた祖母の反応の方が凄くて驚いたほどであった。そんなことがあって以来、外出の時はほとんど、私は連れ歩かれていた。どうしても大人だけの会合の時などは、周りの人に、くれぐれも私を、よく注意して見守るように頼んで出かけていた。

話は、余談になってしまったが、私が誰の子であろうが、虚弱児であったことだけは確かなことであった。家族関係が複雑であったことも事実であった。そんな、家族関係のために、私は心が非常にデリケートになってしまい、病気がちであったとも考えられる。どんな理由にしても、私の病弱体質は、玄米菜食によって一変してしまったのであった。自分の身体が本当に楽になって、元気になったのと、二木謙三先生から、『養生訓』を毎日講義していただいたことの効果が相乗して、私はかくも長く玄米菜食を今日まで続けられているのだと思う。

玄米菜食を確固たる私の人生の主軸にしてくれた人物が、実は、もう二人おられた。その方の名前は、桜沢如一（さくらざわゆきかず）先生であり、その妻のリマ先生であった。高校生の頃に、二木先生と出会って、『養生訓』を読ませていただいていた頃は、今から思うと本当に漠然としたものであった。大学生になって密かに始めた玄米菜食も、家族中からの反対を、一人受け続け、限界があった。理論もはっきり認識していない上に、おかずの作り方などもわからないままであった。しかもその頃は、茶道と禅の方に専ら興味があった。大学で英米文学、禅、児童学を学び、さらに、禅を極めたいと、大学院に入学し、独立した頃に、桜沢先生の「マクロビオティック」という考え方に初めて出逢ったのであった。巨視的世界観という考え方に出会って、自分の中で玄米菜食に本当に開眼したのであった。「ミクロのように細かい細かい方向に物事を考えて細分化していくのではなく、マクロといって、大きい視点から物事を判断してゆきなさい」という桜沢先生の考え方には、感動の連続であった。

たった一つしかない地球上に、生まれ合わせた動物たちと植物たち、動物の一種である人類は牛や豚を殺して食べるのではなく、植物、つまり穀物や野菜や海藻を食べて生きるのが自然の法則である。玄米菜食が人間の食べ物であるという桜沢先生の考え方に深く共感した私は、その妻であるリマ先生の料理教室に入門したのであった。毎週毎週待ち遠しいぐらいの勢いで、マクロビオティック料理を学んでいった。玄米菜食だからといって、沢庵と梅干しだけのおかずというのではなく、菜食でも無限においしく豪華な料理ができ、器や盛り付けによって、さらに芸術的な料理が完成するという、リマ先生の教えに私は熱中したのであった。

毎年開催される発表会には、全力でアイデアをふりしぼった。当時の教室は若い人が少なく、ガンの末期の方が、最後に玄米菜食に命をかけるとか、老化を防ぎたいためとか、年配の生徒達が多かった。その中で、まだ学生であった私は、とても注目を集め、希望の星かの如く先生に可愛がられた。リマクッキングの後継者として、特別待遇されるほどであった。今にして思うに、なぜ、あれほどに熱中したのか。たった一度か二度の講義と、桜沢先生の本、数冊を読んで、総てを理解して、全身全霊で打ち込むこととなった。

今回、この原稿を書き始めて、初めてそのことを納得することができた。もう一度、二木謙三先生の話に戻るが、先生の著書である『健康への道』（致知出版社）の二八三ページに次のような内容が書かれている。

「ドイツのフーヘランドという人は、世界各国語で翻訳されているような、有名な長寿講を何冊も書いた。その中に『マクロビオティック』という書物がある。私もそれを一冊持っている。フーヘランドは大学の教授で、侍医もした。開業医でもあった。いわゆる名医である。その『マクロビオティック』の中に『簡易にして淡泊な食物は、健康および長寿に利あり』とある。子供も無病で、自分も長寿するのには、簡易淡泊な食物を選ぶと良い、すなわち玄米、野菜でいいという意味である」

マクロビオティックという言葉は、桜沢先生が作った言葉だと、私は教えられていた。ところが、ずっと前からあった言葉だったということがわかった。

たぶん高校生の頃に、私は二木先生を通して、マクロビオティックの理論や内容をおぼろげながら、修習していたのかもしれない。その上、桜沢先生のマクロビ論は道元禅師の著書である『典座教訓（てんぞきょうくん）』*注1からの引用が多い。私がリマ先生のお宅で、料理を習っていた頃に、桜沢如一先生が執筆される時にいつも使っておられた座卓が、生きておられた時のままになっていて、その上に『典座教訓』が置いてあった。リマ先生に、そのことをお訊きしたら、「桜沢は、いつも、その本を手にとられておりました」と教えてくださった。自分が、桜沢先生の理論にすぐに賛同できたのは、二木謙三先

*注１　典座…禅宗寺院で修行僧の食事や仏などへの供膳の用意を司る役職。

生からすでに、マクロビの話や内容を聞いていたこと。単純にマクロビという言葉を記憶はしていなかったが、玄米菜食のことを十分に聞かされてあったことと、道元禅をずっと勉強する中で、食事に関する教えが書かれてある『典座教訓』もよく読んでいたことの二つのルーツが同じであったために、桜沢先生の理論が即、理解できたという訳であった。あらためて、毎朝、私を会長室のソファに座らせてくださり、『養生訓』をひもといてくださった二木先生に、心より感謝の念が湧き起こってきた。

そしてリマ先生のお料理教室も、器や盛り付けにこだわり、何よりも、おいしさばかりでなく、美を求めておられた姿勢が、茶道に通じるものであった。このことが、マクロビオティック料理に、深く傾倒した理由の一つであったのだと、あらためて思うのである。

このようにして、玄米菜食は、私の人生の中における大動脈かのように、脈々と流れ続けてきたのである。長く、深い根拠に支えられて、続いてきたことを、今、あらためて再認識した次第である。紆余曲折し、常に岐路に立たされ、その度ごとに、自分の知識や直感によって決断し、歩いてきた道だとばかり思っていたが、このように整理し書き記してみると、何と、総ては御縁であり、「自分で決めた」と思い込んでいただけではないか！　といまさらながら驚いている。

祖母という人の孫としてこの世に出生したのも、自分の判断ではなかった。虚弱体質として生まれてきたのも、私の決断ではない。茶道の先生との出逢いも、自分で選んだ訳ではない。そして、茶道に疑問が生じた時に、岡倉天心の『茶の本』を読むことを勧められた。とても感動し、禅の世界を知ることになった。禅の勉強をしている間に、次から次へと素晴らしい講義を聞くことができた。どの出逢いも、自分で決めたこととは、とても言い切れないのである。あらかじめ人生のコースが決められていて、「ハイ、次は、こちらです。ハイ、次は、こちらの方向にお進みください」とでも、誰かが耳元でささやいているかのような、自分の歴史に今、本当に感動し、驚いているところである。

今、このような執筆活動に突然入ってしまったのも、きっと何かの前兆なのかもしれない。この本を手にされ読まれる方は、もはや決まっているのかと考えると、鳥肌の立つほど、心が騒ぐ。まだ見ぬ人へ、私は心からこのメッセージをお伝えしたいと思う。私が影響を受けたように、人生がどれほど楽しく感動的なものかということをお伝えできたら、過去に私をここまで導いてくださった諸先生方に、少しでも御恩返しができるかもしれないと思うだけで幸せを感じる。

何度も何度も死にたいと、思いつめた日々。そんな時にこそ新たな出逢いがあった。思いつめ行き詰まった時は、次のステージの扉が開かれようとしている瞬間なのである。すべてはハッピーエンドへの行程なのである。人は、生まれてきて、必ず死ぬ。死こそが究極のハッピーなのだ。その死とは、自分で選んだ死ではなく、天から与えられた死のことである。健康であることを大切にして、毎瞬毎瞬、健康であるための努力を惜しまず、玄米菜食を少量ずついただき、呼吸を深く、柔軟体操をして、ウォーキングをしておだやかに暮らすことによって、必ずハッピーエンドが向こうからやってきてくれるはずである。

若い頃は、このようなシステムが全くわからず、右往左往していた私であるが、九年半前に交通事故にあい、死線をさまよい、生きた。その後九年間以上復帰することができずに、じっとしている以外に方法がなかった。最近になってやっと、頭がはっきりとしてきた自覚がある。長い長い深い眠りからさめたような感じのする今日この頃。この九年間を、愚痴一つ言わずに静かに見守り、生活を守ってくれた息子達に心からの感謝をし、もう一度生きるチャンスを与えてくださった生命力に、何か一つでも報いたいと、今、ペンを進めている。

その生命力の一番の支えとなったのが、ひと筋五十年以上続けてきた玄米菜食であったと私は思う。玄米は一粒一粒手に取ってみると、本当に小さな粒であるが、その小さな一粒が何十年、何百年経ってでも、土に戻し、光と水を与えることによって発芽するという。お米の種なのだ。種の中には宇宙の生命力が宿っている。それこそが、生命エネルギーなのである。このエネルギーが身体の中に入ってきて、私達を生かし続けてきた。桜沢リマ先生は、よくよくこのことを私に教えてくださった。「玄米を食べていると思わないで、生命エネルギーをいただいていると思って、感謝してお米を噛んでいただくのですよ」と言っておられた。

事故の後も、とにかく藁にもすがる思いで玄米菜食を続けた。折れてしまった骨もいつしかしっかりと復活し、傷口もきれいにふさがり、今では傷跡を探してしまうくらいである。六十六歳にして受けたこの事故は、あたかも私の続けてきた玄米菜食の効果の証明のようなものである。復帰できたことを今ここに書き遺すことが、玄米さんに対する私の恩返しなのである。「運悪く、交通事故なんかにあってしまって」という考えが、全く浮かんでこなかったことが、最も幸いなことであった。それは、祖母をはじめ、お茶の先生や二木謙三先生や岡倉天心、横山大観、貝原益軒、禅、児童学、心理学の先生方のお教えの総合力であったと思うので、その先生方の教えの一端をここに書き残すことができたらと思う。これらの総合力の底辺をゆるぎなく支えてくれたものは、玄米菜食の力だと思う。

さて、十三章にわたって「ハッピーエンドの作り方」について書いてきたが、いざ書き終わってみると、次から次へと泉から水があふれ出すように、もっと、もっと、書きたいことが体中に湧き出てきた感覚におそわれている現在である。次には、この本の一章を一冊ずつに解凍するかのように書きすすめていきたいと思う。

幸いにして私の人生の中で御縁あった素晴らしい先生方の教えを、多くの読者の皆様にお伝えすることが、各先生への御恩返しになるのであれば、残された人生を、感謝を込めて執筆活動を続けてゆきたいと思う。このような機会を与えてくださった出版社の方々に、心より御礼申し上げます。

あとがき

第一章の「暴力」から始まり、ついに第十三章の「玄米菜食」にまで、息つく暇もなく、書きたいという強い衝動にかられ、筆をすすめてきた。今、静かに筆をおき、深く息を吐き出し、自分のこれまでの一生を、映画を観終わったような気分で振り返ることができた。意識しないうちに、大切に抱え込んで離そうとしなかった過去の嫌な思い出を、どんどん吐き出すことができた後の爽快感が、全身に広がっている。いよいよ私の人生も、最終コーナーに入ったのだと、一人、嬉しくなっている。

書道や、音楽や、絵画や、茶道や、禅の勉強やヨーガや、料理などなど、色々と学んできた。学べば学ぶほどに、どんどん多岐にわたって、手を広げる一方であった。一本の道を、深く知ろうと思えば思うほど、多岐にわたり、手を広げていってしまったという、何とも相矛盾する結果に驚いている。

ここで所期の目的に再び戻り、自分の人生を、一本にしっかりとくくりたいと思う。

祖母に支配されて動いた私ではなく、私自身で動き出したことは、ただ一つ、茶道であった。一本に絞るとしたら、やはり、私は茶道しかないということが、はっきりと浮かび出てきた。私の茶道の先生が彫り出した仏像の如く、私本来の姿は、静かに、今、目の前に座っている人に対して、お茶をたてている姿なのであることが、自覚できた。

では一体、どんな茶道なのかということが気になってくる。

六十五年間こだわり続けた茶道について、どうしてもここを伝えたいという、譲ることができない自分流の茶道というものがある。それは、やはり、中学校時代に三年間かけて、要らなくなったものを集めて造り出したお茶室と、台所から出た半端な食器類と、手作りの茶道具からなる質素倹約な空間を、もう一度再現してみたい。しかし、よく考えてみると、それは、炭小屋からお茶室を造ったので三年もかかったが、今では、どんな部屋でも十分もあったら、すぐに茶道空間はできる。そして、そこで十五分間の茶道をする。もはや、足も腰も老化している今でもできる簡単な立席の茶道に辿り着いている。「令和泉流茶道」とでも名付けようと思う。正式なお茶室できちんと着物を着て、正座してお茶をするという従来の茶道も、もちろん大切である。けれども現実的には、年老いてくると、膝や腰や、あちこちが痛くなり、自由に立ち、座りができなくなってくる。そして部屋も、マンションなど、和室も少なくなってきている。そんな中でも、茶道を続けるには従来の作法を簡略化しなければならなくなる。普通にあるテーブルや机などで、椅子に腰かけてできる茶道。抹茶も、近頃は農薬が多く使われている上に、カフェインも強い。そこで、体に良い緑黄野菜を粉末にしたものを、お茶入れである棗(なつめ)に入れて、茶杓が無い場合はティースプーンで、お茶碗に入れる。色々と工夫して、物や形にこだわらない茶道。「茶道の心」を大切にする、新しい茶道を提案したいと思う。

「やりたい人、この指、止まれ」という感じで、新しい形態で茶の心をお伝えしてゆきたいと思う。御縁あって私の右手の人さし指に止まってくれた人こそが、私の一番会いたかった人なのである。最後の一瞬まで、共に茶の心を語り合い、共にお茶したい。

今、人類は、どんどん戦いの方向にまっしぐらに進んで行こうとしている。そんな今だからこそ、競争でない、平和で静かな愛に満ちた方向へ、転回する必要に迫られている。一日でも早く、一人でも多くの人が、「茶の心」に気付くしかないと私は思う。私の残された命の限り、新茶道の普及に全身全霊をかけてゆきたいと思う。

私たちにとって、必要不可欠である「ティータイム」を、一緒に創り出して行きましょう。

ハッピーエンドの瞬間まで……

著者プロフィール
日森 泉（ひもり いずみ）
1947年、東京生まれ。
子供時代より茶道を続ける。
大学で文学部英文学、家政学部児童科を専攻。大学院では禅学を専攻。

本文・カバーイラスト　著者の愛孫（小学６年生）による

ハッピーエンドの作り方

2023年４月８日　初版第１刷発行

著　者　日森 泉
発行者　瓜谷 綱延
発行所　株式会社文芸社
〒160-0022　東京都新宿区新宿1－10－1
電話　03-5369-3060（代表）
03-5369-2299（販売）

印刷所　図書印刷株式会社

ISBN978-4-286-28081-3